www.bbulmedia.com

www.bbulmedia.com

Korea Godfather

코리아 갓파더

1판 1쇄 찍음 2014년 4월 15일
1판 1쇄 펴냄 2014년 4월 18일

지은이 | 정사부
펴낸이 | 정 필
펴낸곳 | 도서출판 **뿔미디어**

편집장 | 이재권
기획 · 편집 | 윤영상

출판등록 | 2002년 9월 11일 (제1081-1-132호)
주소 | 경기도 부천시 원미구 상동로 117번길 49(상동) 503호 (우)420-861
전화 | 032)651-6513 / 팩스 032)651-6094
E-mail | bbulmedia@hanmail.net
홈페이지 | http://bbulmedia.com

값 8,000원

ISBN 979-11-7003-308-0 04810
ISBN 978-89-6775-518-8 04810 (세트)

BBULMEDIA FANTASY STORY

Korea Godfather

코리아갓파더

정사부 현대 판타지 소설

contents

1.
마(魔)는 혼자 오지 않는다

성환이 소림에서 1대 제자들을 가르치기 시작한지도 벌써 한 달이 되었다.

굳이 기간을 정하고 온 것은 아니지만 할 일이 많은 성환에게 이 한 달이란 시간은 결코 적은 시간은 아니었다.

그렇다고 소림의 제자들을 가르치는 이 한 달이란 시간이 성환이 전혀 시간만 허비한 것은 아니었다.

옛말에 가르치면서 배운다고 했던가?

홀로 수련할 때보다 무공의 이해도가 높았다.

물론 누군가를 가르쳤던 것이 이번 처음이 아니었지만 그들을 가르칠 때는 그들이나 성환이나 무공에 대한 이해도가 낮아 그리 많은 효과를 보진 못했다.

하지만 소림의 제자를 가르치면서는 달랐다.

이미 어느 정도 무술에 관해 이해도가 높은 이들을 가르치다 보니 정말로 깨닫게 되는 것이 많았다.

물론 그렇다고 그들이 성환보다 실력이 뛰어난 것은 아니었다.

아니, 수준으로 따진다면 성한의 발끝에도 미치지 못하는 이들이지만 성환은 사실 무공의 경지가 높지만 그 기초가 깊은 것이 아니었다.

그러다 보니 어찌 보면 조금은 기형적인 형태로 무공이 상승해 있었다.

그리고 이 모든 것이 다 백두산의 비동에서 무공 서적들과 함께 습득한 영약들의 영향으로 이런 경지를 이룰 수 있었던 것뿐.

그런데 이번에 소림의 제자들을 가르치면서 무술에 필요한 기초를 돌아보게 되는 계기로 작용하게 되었다.

무공의 경지가 높다보니 습득하는 것도 빨랐다.

비록 무공의 경지가 급격하게 높아진 것은 아니지만 기존에 하던 초식들의 연결이나 그 초식의 숨은 뜻을 깨닫게 된 것이다.

오늘도 이른 새벽에 나와 소림의 제자들을 가르치며 그들이 수련을 지켜보았다.

'저들의 나한공이 이젠 완숙의 경지에 들었으니 이곳에서

할 일은 이만 마무리해야겠군.'

성환이 보는 1대 제자들이 펼치는 나한공은 처음 성환이 왔을 때 보았던 나한공과 비슷한 듯 보이지만 많은 차이를 보이고 있었다.

내부 심결(心訣)을 가르쳐 주지는 않았지만 이미 나한공 자체가 동공(動功)이기에 내력을 모을 수 있었다.

기존 간략해진 나한공을 익혔을 때에도 미약하게나마 내공을 쌓았던 제자들이다 보니 성환에게 원류가 되는 진(眞)나한공을 배우자 그 경지가 일취월장하는 건 당연한 수순.

그러니 성환도 이만 소림을 떠날 생각을 했던 것이다.

더 이상 이곳에서 자신이 저들을 가르칠 필요가 없었기 때문이다.

물론 성환이 알고 있는 소림의 무공은 나한공 이외에도 많이 있었다.

그렇지만 그것들을 가르쳐 주기 위해 한국에서의 일을 그만두고 이곳에서만 머물 수는 없었다.

벌써 한 달이란 기간을 중국에 머무르고 있다 보니 자신이 기존에 추진하던 일들이 삐걱거리고 있었기 때문이다.

이 때문에 생각을 정리한 성환은 새벽 수련이 끝나고 아침을 먹은 뒤 바로 방장에게 면담을 요청하고 한국으로 돌아갈 것을 알리기로 했다.

◆　　◆　　◆

"방장님, 제자들도 이제는 어느 정도 궤도에 올랐으니 전
이만 한국으로 돌아가 봐야 할 것 같습니다."

"아니, 그게 무슨 말씀이십니까?"

느닷없는 성환의 말에 료료 대사는 깜짝 놀라며 성환에게
물었다.

혹시나 자신들의 대접이 미흡해서 돌아가겠다는 것은 아닌
지 무척이나 당황했다.

"혹시라도 저희가 무슨 잘못이라도?"

료료 대사는 먼저 혹시 자신들이 뭔가 잘못한 것이 있는
것은 아닌지 물었다.

하지만 들려온 대답에 속으로 가슴을 쓸어내렸다.

솔직히 자신들이 성환을 억지로 붙잡고 있다는 것을 잘 알
고 있다.

더욱이 태어난 나라는 물론이고, 또 출신 나라들이 그리
가까운 사이도 아니다.

일부이긴 하지만 자신이 속한 나라인 중국 정부는 사조인
성환이 속한 나라의 역사를 왜곡하는 작업을 하고 있다는 것
도 알고 있다.

그러니 지금 떠나려고 하는 것이 이해가 가긴 했지만, 그
렇다고 이대로 보내기에는 무언가 아깝다는 생각이 들었다.

오래전 소림에 은혜를 입은 일이 있었다고 하나 그건 사문의 전설을 실현하고 또 무공도 전수해 줌으로써 이미 차고도 넘쳤다.

하지만 그렇다고 그냥 보내 주기에는 자신이 생각하기에 더 많은 것이 있을 것으로 보였다.

그러니 더욱 그를 붙잡고 싶었다.

사실 민족도 나라도 다른 그를 소림의 사조라 명명하며 붙잡은 것도 뭐 하나라도 성환에게서 얻어 내기 위한 사전 작업이지 않은가?

그리고 다른 문파들이 혹시라도 자신들과 비슷한 인연으로 뭔가 시도를 하려는 것을 사전에 막고자 한 의도도 없진 않았다.

막말로 지금은 잊혀진 고대의 무림에 전설처럼 내려오는 무공을 실현한 사조이니 또 어떤 것을 가지고 있을지 몰랐다.

소림의 것만 가지고 있다고 생각만 할 수는 없으리라.

그러니 미리 성환을 선점하려는 의도에서 양명이 목격했다는 증언을 듣자마자 그렇게 선포를 한 것이다.

"그건 아닙니다. 한국에 벌여 놓은 사업도 있습니다. 그런데 저와 악연을 맺은 자들이 제가 없는 틈을 타 기반을 흔들고 있다고 합니다. 그러니……"

성환은 굳이 다른 말을 하기보단 사업이 어려움에 처했다는 말로 료료 대사가 자신이 떠나는 것을 붙잡지 못하게 원천적으로 막아 버렸다.

사실 은혜를 입은 처지에 붙잡는데 모질게 떠날 수도 없기에 그런 이유를 들어 막아 버렸다.

상황이 이러니 료료 대사도 성환을 마냥 붙잡을 수만은 없었다.

"허허! 하시는 사업이 어려움에 처했다니 마냥 붙잡을 수도 없겠군요. 혹시 저희가 도울 일은 없는지요?"

그래도 혹시나 일말의 끈을 놓지 않고 성환과 어떻게든 선을 대기 위해 말을 하는 료료 대사.

"제가 아주 가는 것도 아니고, 또 중국에 훈련장을 만들면 1년에 몇 번씩 다녀가야 할 것이니 그때 또 보면 되지 않겠습니까?"

성환은 자꾸만 자신을 붙들려는 료료 대사를 보며 이리저리 달래며 료료 대사의 청을 에둘러 거절을 했다.

"아! 그렇지요. 그 일은 제가 청운에게 잘 말해 놓겠습니다."

료료 대사가 말하는 청운은 방장인 그의 제자로 소림에서 대외 총관의 일을 맡아 하는 이였다.

이미 성환이 필요한 땅과 시설을 만들기 위해 이곳 소림이 자리한 등봉현 내에 성환이 요구한 시설을 만들고 있었다.

사실 아무리 중국 땅이 넓다고 해도 군이나 공안도 아니면서 화기 시험장과 훈련장을 마련한다는 것은 쉬운 일이 아니다.

하지만 소림에서 추진하니 그게 가능했다.

그도 그럴 것이 이곳 일대를 장악하고 있는 제남군구의 사령관이 바로 소림 원로의 신분이기 때문이었다.

료료 대사와 같은 항렬로 소림의 지원으로 지금의 위치에 오른 사람이고, 또 사문의 존장인 성환이 필요한 시설이라고 하니 바로 허가가 떨어진 것이다.

제남군구가 책임지는 땅 안에서 행해지는 일이니 절대 잡음이 일어날 수가 없었다.

이런 이유들로 인해 생각보다 빠르게 시설이 갖춰지고 있었다.

물론 성환이 필요로 하는 시설이 고도의 건축 기술을 요하는 시설은 아니지만, 그렇다고 한 달 만에 완성이 되는 시설도 아니기에 성환이 한국으로 간다고 해도 계속해서 일은 진행이 될 것이다.

더욱이 성환은 소림의 영향력이 이미 제남군구에까지 움직일 수 있다는 것을 알자 조금 더 욕심을 부렸다.

그건 바로 훈련장에서 쓸 무기를 수급하는 문제였다.

중국이 땅이 넓고 밀수하기 쉬운 나라라 하지만 필요한 장비를 구입하기 위해서 모험을 해야만 한다.

더욱이 성환은 타국 사람.

그런 성환이 무기 밀수를 하다 걸리면 아마 못해도 사형일 것이 분명했다.

뭐 성환이 붙잡힐 리 없는 게 문제이겠지만, 아무튼 중국 내에서 적은 숫자의 무기를 구하는 것은 가능하나, 특임대가 쓸 대량의 장비를 구입하기란 여간 어려운 것이 아니다.

그것을 소림을 통해 구입을 해 버린 것이다.

아무리 공산국가인 중국이라고 하나 이들도 특수부대가 있으니 전 세계에 있는 우수한 성능의 무기들을 구입할 수밖에 없었다.

많은 무기들을 데드카피를 해 사용을 하고 있으면서도 특수부대만큼은 고가의 정품을 지급하고 있었기 때문에 성환도 특임대가 필요한 장비들을 부탁하였다.

그리고 제남군구 사령관에게 직접 확답까지 받았다.

물론 그 대가로 제남군구 사령관의 부탁을 들어줘야만 했지만 말이다.

그 부탁이란 것도 작년 성환이 미국과 거래를 하면서 했던 것과 그리 다르지 않았다.

SOCOM과 거래를 하면서 특수방탄복을 공급받는 대신 그들이 지정한 특수부대원들을 훈련시키는 것처럼 제남군구 사령관도 자신의 밑에 있는 특종병들에게 나한공을 가르쳐 줄 것을 부탁했다.

처음 그 말을 들었을 땐 거절을 했다.

나한공을 소림에 전해 주기로 했는데, 그것을 가지고 군인인 특종병에게 가르칠 수 없다는 이유에서다.

　이는 전적으로 소림 방장인 료료 대사에게 보이기 위해 또 방장인 그의 입지를 조금이나마 높여 주기 위해 그리했다.

　그 때문에 제남군구 사령관이면서 소림의 원로인 그는 료료 대사를 찾아와 아쉬운 소리를 하기도 했었다.

　어찌 되었든 사문에 돌아온 원류를 자신의 직속 부하들에게 가르쳐 달라는 부탁을 해야만 했으니 말이다.

　뭐 나중에 안 사실이지만 나한공을 배우려던 제남군구의 특종병들이 사실 그냥 군인들이 아닌 사령관의 제자라는 것을 알게 되었고, 그들도 소림에 적을 둔 사람들이란 것을 알았다.

　비록 내원의 제자가 아닌 외원의 제자들이지만, 원로의 직속이기 때문에 료료 대사도 그들이 나한공을 배우는 것을 허가했다.

　물론 그들 외에는 절대로 배울 수 없다는 것과 그들은 절대로 자식이나 제자들에게 그들이 배운 나한공을 가르칠 수 없다는 제약을 받기는 했지만.

　이후로 성환이 가르친 나한공은 소림의 제자만이 배울 수 있는 무공으로 엄정히 관리될 것이다.

　료료 대사와 이런 저런 이야기를 마친 성환은 자신의 숙소로 돌아와 귀국 준비를 했다.

그리고 그날 저녁 성환의 송별연이 펼쳤다.

그 송별연에 성환과 연을 맺은 소림의 장로와 원로들은 물론이고, 제남군구의 사령관도 얼굴을 비쳤다.

◈　　◈　　◈

"가셨던 일은 잘 해결되었습니까?"

인천공항에 도착을 하니 심재원 전무가 마중을 나와 있었다.

"뭐하러 나왔나."

"제가 아니면 누가 나옵니까?"

자신을 마중 나온 심재원을 보며 성환은 타박을 했지만, 심재원은 미소를 지으며 능청스럽게 대답을 했다.

"그래, 이번에도 그들이 벌인 일이냐?"

전화로만 보고받은 내용이기에 자세한 것을 알지 못했기에 물은 것이다.

이제 생긴 지 2년도 되지 않은 회사에 국세청에서 감사가 떨어졌기에 그 배경을 물었다.

"이번에도 김병두 의원이 그런 것으로 밝혀졌습니다."

"김병두…… 훗, 지치지도 않고 열심히네."

성환은 재원의 말을 듣고 어이가 없었다.

참으로 그자는 별 쓸데없는 것에 목숨을 걸고 있었다.

비록 국세청이 탈세를 막기 위해 세무 감사를 하는 것은 고유 영역이긴 하지만, 2년도 되지 않는 기업을 감사하는 것은 세법에 맞지 않는 일이다.

더욱이 현재 KSS경호는 이제 겨우 수익을 내고 있는 회사로 착실히 세금을 납부하고 있었다.

물론 회사의 초기 자본에 대해 조사를 하면 좀 곤란해지긴 하지만, 그것도 이미 손을 써 두었기에 걱정할 필요는 없었다.

성환이 소림을 방문하기 전 세창을 찾았을 때, 바로 이런 일을 막기 위해 준비를 했었다.

분명 자신과 악연을 맺은 김병두의 집안이나 서양건설 사장인 이세건은 충분히 자신들의 힘을 이용해 성한을 흔들 수 있었다.

그것이 성환에게 직접적으로 피해가 될 수도 있기에 그들이 시도할 수 있는 경우의 수를 예상하고 사전에 방어책을 마련했다.

그리고 이번 일도 이미 사전에 대비를 했다.

그래서 심재원에게 중국으로 가기 전 특임대를 만들라 지시를 했다.

이미 육군참모총장인 이기섭 총장의 사전 인가를 맡았으니 이번 일은 세창에게 말만 하면 금방 해결이 될 것이다.

"준비는 잘되고 있나?"

준비란 말에 재원은 성환이 무엇을 물어보는지 깨닫고 얼른 대답을 했다.

"대원들은 준비가 되었는데, 아직 다른 것이 준비가 되지 않았습니다."

"어떤 것이 준비가 덜된 거지?"

성환은 걷다가 재원의 말에 미간을 찌푸려졌다.

자신이 그렇게 신신당부를 하고 떠났는데, 한 달이 넘도록 준비가 완료되지 않았다는 말에 목소리가 잠시 올라갔다.

솔직히 자신이 지시한 것은 한 달이란 시간이면 충분한 시간이었다.

그랬기에 목소리가 높아지지 않을 수 없었다.

"최 사장에게서 넘어와야 할 자금이 넘어오지 않아 필요한 약재 구입을 제때 하지 못해 아직 충분하지 않습니다."

재원에게서 들려온 말은 성환이 생각지 못했던 부분이었다.

준비가 덜된 건 돈 문제 때문에 아직 준비가 안 된 것이다.

성환은 중국에 가기 전 진혁에게 필요한 경비를 재원에게 주라는 말을 했다.

서울을 장악한 뒤 각 구역마다 일정량의 상납금을 받기로 한 성환은 그것을 만수파 두목인 진혁에게 걷도록 지시를 내렸다.

그 돈을 자신이 중국에 가 있는 동안 전무인 심재원에게 주라는 말을 했다.

그런데 그 지시가 지켜지지 않았다.

특임대를 준비하기 위해선 엄청난 자금이 필요했다.

섬에 준비할 특임대는 예전 군에서 비밀리에 진행하던 S1 프로젝트를 성환이 직접 하려는 것이기에 예전 군에서 준비한 자금의 배 이상 필요했다.

그 규모가 군에서 준비하던 것의 4배나 되기 때문에 그에 들어가는 돈 또한 천문학적인 금액이 필요했다.

그리고 그것을 성환은 서울을 장악하고 있는 조직들에게서 거둬들일 생각이었다.

어차피 한꺼번에 많은 돈이 들어가는 것이 아니라 꾸준히 들어가야 할 자금이기에 한 달에 한 번씩 상납금을 낼 때 그것을 상용하려고 계획한 일인데, 자신이 부재중일 때 일이 터진 것이다.

"내 말이라고 하지 않았나?"

애써 분을 참으며 물어 오는 성환의 질문에 재원은 차분히 대답을 했다.

"하긴 했는데, 그쪽에서도 뭔가 문제가 있는 것 같습니다."

재원의 대답을 들은 성한은 골치가 아파 왔다.

어떻게 된 것이 자신이 조금만 신경을 쓰지 않으면 일이 터지는 것에 어이가 없기도 했다.

"이번엔 또 무슨 일인데?"

"그게 최 사장이 이번에 좀 무리를 했다가 습격을 당해 좀 다쳤습니다."

자신의 예상과 다르게 최진혁이 부상을 당했다는 말에 눈을 크게 뜨며 재원을 쳐다보았다.

"그럼 김용성은?"

"김 전무도 함께 있다가 당했다고 합니다."

"……누구야?"

성환이 계획한 일에 중대한 역할을 하는 두 사람이 부상을 당했다는 말에 성환은 낮게 으르렁거렸다.

그런 성환의 모습에 재원은 자신도 모르게 흠칫 놀랐다.

재원도 성환에게서 무공을 배워 적으나마 내공을 가지고 있다 보니 방금 전 말 속에 포함된 기세를 읽었다.

비록 중국에 가기 전 그들을 믿을 수 없는 존재라 하며 경계하라는 말까지 했지만, 그래도 다른 누군가에 의해 테러를 당했다는 말에 화를 내고 있는 성환의 모습을 보며 재원은 많은 생각을 하게 되었다.

❖　　　❖　　　❖

"사장님, 좀 어떠십니까?"

"윽. 좀, 결리긴 하지만 참을 만하다. 그런데 그놈들은 어떻게 하고 있지?"

최진혁은 적들의 습격에 당해 침대에 누워 요양을 하고 있었다.

성환의 밑으로 들어가면서 만수파는 명실상부 서울, 아니, 대한민국에 최고의 조직으로 거듭났다.

비록 외부적으로는 서울이 통일되지 않고 각 거대 조직으로 조각 나 있는 것처럼 보이지만, 이미 작년 가을을 기준으로 서울의 밤이 한 사람의 이름 아래 통일이 되었다.

서울의 밤을 통일한 사람은 자신의 권한을 한 사람에게 위임했는데, 그 사람이 바로 만수파의 두목인 최진혁이었다.

그래서 최진혁은 성환이 자신에게 일임하고 지시한 것들을 처리하기 위해 서울에 산재한 조폭들 중 지배 세력으로 인정받은 조직의 두목들을 모아 놓고 성환의 지시를 알리는 자리를 마련했다.

하지만 이미 서울을 통일했다는 안일한 생각에 보안을 그리 신경 쓰지 않고 장소를 마련하였다.

이제는 서울에는 적이 없다는 생각에 그러하였는데, 그 안일한 생각이 독이 되어 생각지도 못했던 적에게 습격을 당해 상당수의 두목들이 병원에 입원을 하거나 장시간 요양이 필요하게 되었다.

다행이라면 그래도 조직의 두목들이다 보니 습격을 당하면서도 부하들이 구하러 올 때까지 버틸 수 있었다는 것이다.

성환이 서울의 조직들을 정리하면서 조직이 젊어졌기에 조직의 두목도 기존 아직 조직의 더러움이 덜 묻은 이들이었다.

그러다 보니 습격을 당했지만 사망자는 없었다.

아무튼 진혁은 당시 자신들을 습격한 이들 중 몇 명을 붙잡아 심문을 하고 있었다.

습격의 배후를 찾기 위해서였다.

그런데 진혁은 병원이 아닌 자신의 호텔인 샹그릴라에 묵고 있었다.

그 이유는 자신들을 습격한 배후가 아직 밝혀지지 않아 언제 또 습격을 당할지 모르기 때문에 병원이 아닌 자신이 관리하는 호텔에 요양을 하게 되었다.

그런데 오늘 붙잡았던 히트맨들 중 하나에게서 배후를 알게 되었다.

한참 부하에게서 배후에 관해 보고를 받고 있을 때, 방 안으로 들어오는 이가 있었다.

"몸은 좀 어때?"

습격을 당한 뒤 사람들의 접근을 막았는데, 느닷없이 누군가 자신이 묵고 있던 방에 들어오자 깜짝 놀랐던 것이다.

"누…… 교관님! 언제 오셨습니까?"

고개를 돌리며 누구냐고 소리치려다 성환의 얼굴을 알아본 진혁은 깜작 놀라며 말을 더듬었다.

하지만 그것도 잠시 몸을 일으키며 성환을 맞았는데.

"그냥 그대로 있어. 습격을 당했다고?"

"죄송합니다. 이런 모습을 보여 드려서."

"아니다, 그런데 경호원들은 어쩌고?"

성환은 자신이 진혁에게 KSS경호의 경호원을 붙여 두었는데, 습격을 당해 이렇게 운신을 하지 못할 정도로 부상을 당한 것에 조금 화가 나 자신의 뒤에 있는 심재원을 보며 물었다.

그런 성환의 시선을 받자 재원은 자신의 잘못이 있기에 고개를 숙이며 죄송하다는 말을 했다.

하지만 이번 일이 전적으로 재원의 실수만은 아니었다.

서울을 통일했다고 안일하게 주변을 경계한 진혁의 잘못도 있고, 또 성환이 중국에 가면서 재원에게 지시를 내리고 간 것 때문에 이런 일이 발생한 것이다.

성환은 설마 자신의 지시 때문에 경호에 구멍이 뚫렸을 것이라고는 전혀 생각지 못하고 있었다.

자신의 지시로 재원이 현장에 나가 있는 KSS경호원들 중 특별경호팀을 모두 불러들였다.

물론 그렇게 특별경호팀을 모두 불러들이고, 대신 일반 경호원을 파견했다.

성환이 특임대를 꾸리라는 명령을 했기에 그대로 따랐는데 설마 거기에 빈틈이 있을 것이란 예상을 하지 못했다.

일반 경호원들은 훈련을 받기는 했지만 조폭 말단 출신들.

KSS경호로 소속이 바뀌긴 했지만, 진혁의 경호를 맡게 된 경호원이 하필 예전 만수파 소속이었던 이다.

그러다 보니 섬에서 특별경호팀에게 경호의 기본을 교육받았던 것을 망각하고 예전 조폭이었던 성향이 나왔다.

진혁이 조폭 두목들과 회합을 하려는 자리에 괜히 경호원이 곁에 있으면 위신이 떨어진다며 억지로 경호원을 외부에 배치를 하였고, 경호원도 그 지시에 별다른 거부를 하지 않았다.

원래라면 절대 그러지 않았을 터.

하나 예전 기억 때문에 그런 지시에 따랐고, 그 결과지 지금의 상황이다.

이런 이야기를 듣게 된 성환은 자신이 급하게 계획을 변경하고 일을 추진한 것의 부작용이란 생각에 더 이상 이번 일에 대한 언급을 하지 않기로 했다.

"흠, 내 지시 때문에 벌어진 일이니 여기서 더 이상 언급은 하지 않겠다. 하지만 다음에는 이런 일이 더 이상 없길 바란다."

"감사합니다."

"알겠습니다."

진혁과 재원의 대답을 들은 성환은 다른 것을 물어보았다.

"그런데 혹시 이번 일의 배후는 밝혀냈나?"

성환은 웬만한 담력을 가진 조직이 아니라면 행동에 옮길 수 없는 일을 한 배후가 궁금해졌다.

감히 서울에 산재한 조직의 두목들이 모이는 장소를 겁도 없이 습격할 배짱이 가진 조직이 있을까.

사실 성환도 이번 일의 배후가 무척 궁금했는데, 자신이 생각하기에 진혁의 선택은 그리 실수라 보기도 어려웠다.

솔직히 자신이 생각해도 서울에 있는 대조직 두목들이 모이는 장소에 어느 누가 습격을 하겠는가?

서울의 조직들의 힘은 전국 대도시에 있는 모든 조직이 힘들 합친 것과 비슷한 정도로 막강한 힘을 가지고 있다.

조직의 힘이란 것도 사실 알고 보면 별거 아니다.

가진 경제 규모에 따라 조직들의 힘이 결정되는 것이다.

그래서 지방에 자생하는 조직들도 어느 정도 자금이 마련되면, 서울로 올라와 자리를 잡으려고 한다.

그 이유는 대한민국의 모든 정치, 문화, 경제의 중심이 바로 서울이기 때문이다.

그러니 진혁이 방심을 한 것이고, 성환도 방심을 한 것이다.

"예, 다행히 배후를 알아냈다고 합니다."

지혁이 배후를 알아냈다는 말에 성환은 얼른 물어보았다.

"그래, 배후가 누구야?"

"부산의 칠성파였습니다."

"칠성파?"

"예."

성환은 배후가 부산에 자리 잡고 있는 칠성파라는 말에 고개를 갸웃거렸다.

전혀 생뚱맞은 지역과 조직이 언급되었기 때문이다.

사실 공항에서 진혁이 습격을 당했다는 보고를 받았을 때만 해도, 혹시 그에게 반발하는 조직이나 혹은 서울의 밤을 정리하던 과정에서 떨어져 나간 세력이 뭉쳐 보복을 한 것은 아닌가, 하는 예상을 했었다.

그런데 그게 아니라 뜬금없이 연관도 없는 칠성파가 나오자 의아해하는 중이다.

"그들이 무엇 때문에?"

너무도 예상치 못했기에 다시 물었다.

그리고 들려온 진혁의 대답에 그 내막을 알게 되었다.

"칠성파라면 그럴 이유가 있습니다. 그들은……."

진혁의 이야기는 칠성파가 사실 대범파의 배후에서 조종하던 김상수가 가진 또 다른 조직이라는 것이다.

김상수는 부산 토박이로 젊은 시절 칠성파에 몸담고 있다가 부산 조직들의 항쟁 중 기존 두목을 몰아내고 칠성파의 두목 자리를 차지했다.

그리고 수단 좋은 김상수는 자신의 뛰어난 머리를 이용해 칠성파와 함께 부산을 삼분하던 영도파와 자갈치파를 함정에 빠뜨려 부산을 평정했다.

물론 칠성파가 부산을 통일하긴 했지만 그렇다고 부산에

조직이 칠성파 하나만 남은 것은 아니었다.

비록 김상수의 간계에 빠져 구역에서 밀려나긴 했지만 부산도 대한민국에서 두 번째 가라면 서러운 큰 도시이기에 칠성파 혼자서 모든 지역을 차지할 수는 없었다.

그래도 영도파나 자갈치파는 이미 세가 꺾여 함부로 자신들의 힘을 과시할 수는 없었다.

아무튼 그렇게 부산을 평정한 김상수는 조직을 자신의 동생인 김인수에게 넘겨주고 자신은 핵심 조직원들을 추려 서울로 진출을 했다.

그리고 얼마 지나지 않아 김상수는 서울에 자리를 잡게 되었다.

그것도 어떻게 수를 썼는지 서양그룹 김춘삼 회장에게 선을 대고 그의 밑으로 들어가게 되었다.

원래 야망이 큰 김상수이다 보니 조폭 두목이란 타이틀로는 자신의 야망을 이루는 데 한계가 있다는 것을 깨닫고 김춘삼 회장의 밑으로 들어가 해결사 노릇을 해 결국 서양그룹 이사 직함까지 가지게 되었다.

뭐 결론적으로 말하면 선택을 잘못해 금련방 한국 지부에 의뢰해 성환을 어떻게 해 보려던 것이 물거품이 되고 쫓기는 신세가 됐지만.

하지만 성환이 외국 조직들을 소탕하는 작전에서 김상수가 의탁하고 있던 금련방을 정리할 때, 운이 좋은 것인지 김상수는 그 자리에 없었다.

그 때문에 작전을 성공하고도 사실 뒤끝이 조금 찝찝하기도 했었다.

성환은 진혁에게 이번 일이 어떻게 벌어진 것인지 내막을 알게 되자 미간을 찌푸리며 미간을 모았다.

무언가 자신의 머리 한쪽을 당기는 듯한 느낌을 받았다.

아무리 부산을 평정했다고 하지만 그래도 서울을 대표하는 조직의 보스들이 회합하는 장소를 기습하기에는 칠성파의 역량이 그렇게까지 높지 않다고 판단했기 때문이다.

만약 그런 힘이 있었다면 김상수는 진즉 서울은 물론이고, 대한민국 전역의 밤을 지배하는 황제가 되어 있어야 했다.

하지만 그런 역량이 없었기에 김상수는 서양그룹 김춘삼 회장의 밑으로 들어갔고, 그의 밑에서 해결사 노릇을 했던 것이다.

그런데 이번에 자신의 분수에도 맞지 않는 행동을 벌였다는 것이 뭔가 미심쩍었다.

"그자에게 그런 능력, 아니, 칠성파에 그만한 능력이 있었나?"

성환이 칠성파에 대해 묻자 그제야 진혁도 그것에 생각이 미쳤다.

"그러고 보니……."

성환의 질문을 받자 그제야 자신이 무언가 놓치고 있었다는 것을 깨달은 진혁은 뭔가를 곰곰이 생각하기 시작했다.

진혁은 칠성파가 예전부터 일본의 야쿠자와 연관이 있다는 것이 떠올랐다.

"야쿠자!"

성환은 진혁이 이야기를 하다 말고 갑자기 외치자 고개를 갸웃거리며 물었다.

"야쿠자?"

야쿠자, 일본의 깡패 조직.

하지만 이들은 한국의 그저 그런 깡패 조직과 전적으로 달랐다.

이미 기업화된 조직이 바로 일본의 야쿠자다.

아니, 기업이라고 하기보단 준군사 조직이나 마찬가지인 곳이 바로 그들이다.

그들은 겉으로는 깔끔한 이미지에 회사원처럼 양복을 걸쳐 입었지만 양복 안쪽에는 권총은 물론이고, 기관총까지 소지하고 있다.

또 그 조직 체계도 한국의 조폭은 상상도 못할 정도로 완벽하게 짜여 있다.

하부 조직에서부터 상부 조직까지 획일적으로 이루어진 명령 체계라든지 하는 것은 마치 군인들의 부대 조직을 연상하게 한다.

"설마 이번 일의 배후에 칠성파 말고도 일본의 야쿠자까지 연관이 되었다는 말이냐?"

성환은 확인이라도 하듯 물었다.

그런 성환의 질문에 대답을 한 것은 조금 전 진혁에게 보고를 하던 인물이었다.

"그렇습니다, 회장님. 이번에 붙잡은 놈들 중 심문을 하니 자신들은 부산의 칠성파 조직원들이라고 했습니다. 그리고……."

김상수는 성환이 금련방을 습격할 때 마침 이세건 사장과 통화할 일이 있어 외부에 나갔다가 돌아오던 중 금련방 인근이 경찰들의 통제를 받는 것 때문에 금련방 지부가 있는 건물로 다가갈 수가 없었다.

그 때문에 뭔가 일이 잘못되고 있다는 생각에 부산으로 내려가 자신의 동생이 두목으로 있는 칠성파에 몸을 숨겼다.

그리고 그에 그치지 않고 동생 김인수를 자신의 일에 끌어들여 못 다한 의뢰를 수행하게 만들었다.

금련방 한국 지부에 의뢰한 것을 이번에는 칠성파에 의뢰를 한 것이다.

아무리 자신이 예전 두목이고, 또 자신의 동생이지만 칠성파는 자신의 손을 떠난 지 오래전이다.

김상수가 서양그룹으로 들어가면서 대범파와 별개의 존재가 된 것처럼 칠성파에서도 김상수의 입지는 조직의 두목인 김인수의 형, 그 이상도 이하도 아니었다.

그래서 의뢰라는 형식으로 자신의 뒤를 쫓는 만수파와 성환에 대한 의뢰를 하였다.

하지만 이미 대범파와 금련방 한국 지부가 어떻게 정리되는지 경험한 김상수는 이번 일에 칠성파 혼자가 아닌 칠성파와 자매결연한 일본의 야쿠자 조직까지 끌어들였다.

야쿠자까지 이번 일에 연관이 있다는 이야기를 들은 성환의 눈이 잔잔하게 깊어졌다.

"야쿠자란 말이지……."

옆에 있는 재원도 듣지 못할 정도로 작게 야쿠자란 말을 중얼거린 성환은 뭔가 음모를 꾸미는 것인지 차가운 눈빛을 발하며 오른쪽 입꼬리가 올라갔다.

그런 성환의 얼굴을 정면으로 보고 있던 진혁은 자신도 모르게 진저리를 쳤다.

성환의 그 차가운 미소 속에 진득한 살기를 느꼈기 때문이다.

차가운 미소를 짓던 표정과 함께 이야기 주재를 바꿔 질문을 했다.

"참, 그런데 내 지시가 제대로 이뤄지고 있지 않다고 하던데."

지시가 제대로 이뤄지지 않았다는 말을 하는 성환의 말에 진혁은 깜짝 놀랐다.

"그, 그것이, 그 이야기를 하려고 모였던 중에 습격을 받아 아직까지 조직의 두목들이 운신을 하지 못하는 관계로 협의를 이루지 못해서…….”

진혁의 말을 듣고 있던 성환은 속에서 끓어오르는 감정을 억지로 다스리며 낮은 목소리로 물었다.

“……그럼 언제 가능하겠나?”

자신이 중국에 체류한 것이 한 달이다.

지금이라도 지시가 이행이 된다고 해도 벌써 계획이 한 달이나 늦춰졌다.

갈 길이 바쁜데 작년에 제대로 마무리하지 못한 일 때문에 계획이 늦춰진 것에 화가 났지만 이것은 어쩔 수 없었다.

당시 자신이 제대로 챙기지 못했기에 벌어진 일이기 때문이다.

더욱이 이 일 말고도 회사 내에 발생한 일도 처리를 해야 하는데, 칠성파에 일본의 야쿠자까지 자신의 앞을 가로막는 놈들 때문에 가슴 속에서 열불이 났다.

현재 진행되는 모든 일 중에서 특임대를 양성하는 일이 가장 중요했다.

그것이 앞으로 추진할 삼청프로젝트의 든든한 추진제가 될 것이기 때문이다.

특임대만 자신의 계획대로 양성이 된다면, 자신이 직접 동분서주할 필요가 없어진다.

그런데 그 계획이 처음부터 이렇게 장애에 막혀 늦춰졌으니 기분이 좋을 리가 없었다.

"직접 만나서 말을 할 상황이 아니라……."

"전화는 두었다가 어디다 쓰려고! 내가 이런 일까지 전면에 나서야 하나!"

"아, 아닙니다. 제가 바로 조치를 취하겠습니다."

진혁은 변명을 하다 성환의 말에 얼른 고개를 숙이며 조치를 취하겠다는 말을 했다.

사실 성환이 뒤로 물러나고 자신을 앞에 세우면서 자신에게 많은 이득을 가져다주고 있었다.

서울의 밤을 통일하는 과정에서 성환은 반항하는 이들을 과감하게 처단했다.

이미 성환의 신위를 확인한 조직의 두목들은 성환의 지시에 감히 반항을 할 수가 없었다.

성환과 KSS경호의 특수경호팀의 활약은 기존의 조폭들의 무력의 한계를 넘어선 지 한참이었다.

어떤 조직은 총기류를 들고 성환에게 반항을 했지만, 그런 조직들은 쥐도 새도 모르게 사라졌다.

그런데 조폭들이 이해하지 못했던 것은 총기 사고가 발생했는데, 경찰이나 공권력에서 전혀 출동을 하지 않았다는 것이었다.

대한민국은 군인이나 경찰이 아닌 이들이 총기류를 취급하는 것을 엄격히 규제하고 있었다.

아니, 경찰도 엄격한 규제 아래 총기 사용을 종용받고 있는 중이다.

그러한데 총기 사고가 발생했는데, 경찰에서 출동을 하지 않았다.

이 말은 성환이 공권력을 움직일 수 있는 힘이 있다는 말이기도 했다.

성환에게 굴복한 조직들이 어떻게 판단을 해 봐도 감히 자신들로는 감당이 되지 않는다는 판단 아래 고개를 숙일 수밖에 없었다.

그리고 성환은 그들을 직접 관리하는 것이 아닌 동류인 만수파를 전면에 내세워 조직들을 관리하게 만들었다.

어떻게 보면 자신들의 체면을 세워 준 것 같기도 하기에 성환에게 굴복한 조직들은 성환의 대행으로 최진혁이 나서는 것에 반대하지 않았다.

아니, 환영을 했을 정도.

진혁도 어차피 성환의 지시를 받는데, 자신이 그의 대리인으로 서울의 조직들을 교통 정리를 하면서 이들을 취했고, 조직들도 진혁이 이득을 취하는 것에 어느 정도 수긍을 하고 인정을 했다.

그런데 지금에 와서 성환이 전면에 나선다는 말에 진혁은 얼른 자신이 알아서 일을 처리하겠다는 말을 했다.

이미 장사꾼이 다 된 진혁은 성환이 전면에 나서게 되면 기존에 누리던 권한들이 많이 축소되고, 그러다 보면 자신에게 들어오는 이익이 줄어든다는 것을 빤히 알기에 이렇게 저 자세로 나서는 것이다.

"한번 더 믿어 보겠다."

진혁의 말에 성환은 마지막 통보를 하고 자리에서 일어났다.

"감사합니다."

"그래, 몸조리 잘하고, 나중에 보자."

"예, 나중에 찾아뵙겠습니다."

"그래, 가지!"

자리에서 일어난 성환은 진혁에게 인사를 하고는 방을 나섰다.

그런 성한의 뒤로 심재원 전무가 비서처럼 뒤를 따랐다.

방을 나서는 성환의 뒷모습을 보던 진혁은 별말 없이 나가는 성환을 보며 안도의 한숨을 쉬었다.

진즉 일을 처리했어야 하는데, 치료를 한다는 명목으로 그동안 안일하게 생각하고 있었다.

설마 성환이 이런 일에 직접 나서진 않을 것이란 생각과 자신이 아니면 할 사람이 없다는 안일한 생각을 하고 있었는데, 오늘에야 진혁은 자신의 주제를 깨닫게 되었다.

자신의 자리를 대신할 사람은 성환의 주변에 널렸다는 것을 말이다.

막말로 자신도 사실 잠깐 안면이 있다는 이유로 지금의 위치에 있는 것이 아닌가?

원래 성환이 만수파를 찾아왔을 때, 자신이 아닌 김용성 전무를 선택하고 왔었다.

뭐 우여곡절 끝에 김용성이 아닌 자신이 만수파의 두목이 되고, 반발하던 이들을 성환이 몰아내며, 강남에 자리 잡고 있던 진원파까지 처리해 주지 않았는가?

그런 생각에까지 미치니 그동안 자신이 너무나 안일하게 행동을 했다는 것을 깨달아 생각을 고쳐먹었다.

괜히 밉보여 지금의 자리에서 물러나긴 싫었기 때문이다.

2.
꼬인 매듭 풀기

성환은 최진혁의 병문안을 하고 돌아오는 길에 회사나 집으로 가기 보단 국군정보사령부에 먼저 들렸다.

그가 국군정보사령부에 들린 이유는 누군가의 투서로 인해 벌어진 세무 감사를 해결하기 위해서다.

뭐 세무 감사를 미리 받는다 생각하면 되는 일이지만, 일단 한 달이나 늦어진 프로젝트의 진행을 제 궤도에 올려놓기 위해서는 조속한 해결이 필요했다.

이 일 말고도 최진혁에 들은 것처럼 놓쳤던 김상수의 일 또한 해결해야 하기 때문에 비교적 해결하기 쉬운 것부터 처리하기 위해 움직인 것이다.

자신이 너무 안일하게 생각한 것 때문에 사사건건 자신의 일에 걸림돌이 되고 있는 이세건이나 김병두를 그냥 두고 볼 수가 없다.

솔직히 그들에 대한 복수는 언제 하든 상관이 없는 일이다.

마음만 먹는다면 오늘 당장이라도 아무도 모르는 섬에 납치해 놓고 고문을 할 수도 있다.

하지만 그러지 않는 것은 자신이 그렇게 자신의 힘을 되는 대로 사용하다 보면 나중에 어떤 파국이 올지 짐작하기 어렵기 때문이다.

모든 일에 자신이 가진 능력을 사용한다면 언젠가는 누군가 자신의 능력을 이상히 여겨 의심을 하는 자가 나올 것이고, 의심은 경계를, 나중에는 두려움을, 종국에는 적대하려 할 것이 분명했다.

천재는 범부를 친구로 맞을 수 있지만, 범부는 천재를 이해하지 못하고 또 친구로 맞아들일 배포가 없으니까.

천재를 친구로 맞을 마음이 있다면 그 사람은 그 자체로 천재까진 못될지라도 수재는 될 것이기 때문이다.

그러하기에 성환은 지금까지 뛰어난 능력을 사람들에게 보이면서도 자신이 가진 능력의 반에 반도 보이지 않았다.

지금까지 보여 준 것만 하더라도 범인은 이해할 수 있는 범위를 뛰어넘었기 때문이다.

그렇지만 아직까지 문제가 되지 않은 것은 그가 가르친 사람들 역시 성환이 보여 준 것만은 못하지만 평범한 사람들이 보기에는 거의 불가능해 보이는 능력을 보여 주었다.

그러니 성환이 가진 능력도 어느 정도 배울 수 있는 사람들이 생각하는 상식의 범주에 들어 있다고 생각하기에 아무런 문제가 되고 있지 않을 뿐.

물론 시기하는 마음이 아주 없는 것은 아니다.

일예로 CIA한국지부장이 그런 사람에 속한다.

처음에는 그저 친분이 있는 한국의 고위 인사의 부탁으로 가벼운 청부를 하다 실패를 했다.

물론 자존심이 상한 것도 사실이다.

하지만 CIA가 성환을 주목하기 시작한 것은 청부를 실패했다는 것 때문이 아닌 정부부터 집행예산을 두고 벌어진 SOCOM과의 경쟁에서 뒤로 밀린 일 때문이었다.

전 세계를 무대로 첩보전을 펼치는 CIA로써는 예산이 많으면 많을수록 좋은 일이다.

그렇다고 CIA에 책정되는 예산이 적은 것도 아니다.

CIA는 비자금을 조성하기 위해 불법적인 일도 마다 않고 비밀리에 자행하고 있다.

미국은 마약으로 인한 사회 문제가 무척이나 심각하다.

그 때문에 국가 기관 여러 곳에서 마약과의 전쟁을 벌이고 있을 정도.

그중에는 CIA에도 마약을 단속하는 부서가 따로 있을

정도다.

그런데 CIA는 마약을 단속하고 수거한 마약을 폐기해야 하는 규정이 있음에도 불구하고 일부를 빼돌려 마약 장사를 하고 있다는 것은 사실 공공연한 비밀이었다.

그렇게 마약을 판 판매 대금으로 세계 각국에서 비밀 작전을 하는 것인데, 그 돈은 그 나라의 고위 공직자나 유학생을 포섭하는 자금으로 상용된다.

포섭된 공직자나 유학생은 스파이가 되어 자신들에게 유용한 정보를 넘겨주거나, 또는 미국에 우호적인 정책이나 또는 친미 성향을 활동을 한다.

성환은 이런 CIA와 같은 성향을 가진 자들의 관심을 받지 않기 위해 그동안 노력을 했는데, 너무도 어이없는 이유로 이미 그의 존재가 노출이 되고 말았다.

물론 성환은 자신이 이미 CIA의 감시 대상에 올랐다는 것을 모르고 있지만 말이다.

그렇다고 성환도 마냥 넋 놓고 있는 것은 아니다.

작년 그레고리의 저격 이후 성환은 자신을 암살하라고 청부한 이를 쫓기 위해 많은 노력을 기울이고 있다.

KSS경호 내부에 정보 부서를 창설해 해커 부대를 운용하고 있다.

겉으로야 그저 KSS경호의 국내 경호 활동을 원활하게 하기 위해 존재하는 것처럼 보이지만 내부적으로는 많은 전문

해커가 존재했다.

성환의 도움으로 수렁에서 나온 이준이나 신분을 위장하고 용역 회사를 운영하는 김진성이 데리고 있던 해커 정찬성도 KSS경호에 입사해 정보 부서에 출근하고 있다.

그들만이 아니라 성환은 세창을 통해 군에서 운용하는 해커 부대에서도 몇 명 지원을 받아 전문적인 해커 부대를 운용하고 있다.

그리고 그들이 찾아낸 정보를 통해 아직 정체를 밝히지는 못했으나 어떤 집단에서 자신을 주시하고 있다는 것은 알고 있다.

그렇기에 성환은 행동을 조심 또 조심했다.

지금도 만약 자신이 벌이고 있는 일들이 외부에 알려지기라도 한다면 엄청난 혼란이 벌어질 것은 불을 보듯 빤하다.

민주주의 사회에서 일반인이, 아니, 군과 일반인이 손을 잡고 사회 정화라는 명목 아래 일을 꾸미고 있고, 또 그 대상이 현재의 권력자나 지배 계층이다.

그러니 당연 비밀이 알려지면 그들과 전쟁을 벌일 것이 빤했다.

그렇다고 군에서 자신을 돕지는 않을 것은 자명한 사실.

아니, 어쩌면 모든 증거를 조작해 자신이 혼자 벌인 일로 꾸밀 수도 있으리라.

하지만 그렇게 되도 성환은 눈 하나 깜박이지 않을 것이다.

아무튼 현재 성환은 큰 그림을 그리기 위해서 자잘한 걸림 돌을 하나, 하나 처리하기 위해 이렇게 세창을 만나고 있었다.

"네 말은, 지금 누군가 널 흔들기 위해 국세청에 투서를 보내 세무 조사를 하고 있다는 말이지?"

"그래, 그러니 이번 세무 감사는 네가 알아서 처리 좀 해 줘."

"하!"

세창은 성환의 부탁에 한숨을 쉬었다.

"너도 알겠지만 KSS가 나 좋자고 만든 회사가 아니지 않 냐. 이번 특임대 건은 오히려 군에서 더욱 원해서 만들게 된 것이다. 그런데 이번 감사로 일을 진행하기 힘들게 되었다. 이 말은 군이 결코 원하는 것이 아니지 않냐?"

"그럼 내가 어떤 것을 해결해 주면 되는 건데?"

성환은 많은 이야기를 꺼내다 세창이 골치가 아프다는 듯 머리를 만지며 물어 오자 그제야 자신이 원하는 것을 말했다.

"아무래도 회사 설립할 때의 자금에 대한 출처를 가지고 물고 늘어지는 것 같으니 군에서 그걸 해결해 줘."

확실히 김병두의 청탁을 받은 국세청은 장기 복무를 하였 다고 하지만 성환이 느닷없이 회사를 차린 것에 대하여 의심 을 하지 않을 수 없었다.

혹시나 투서의 내용처럼 자주 어울리는 조폭들의 자금을 세탁하기 위해 경호 회사를 설립한 것은 아닌지 의심을 하고 성환에게 해명을 요구하고 있었다.

그런데 사실 김병두가 한 투서의 내용이 100% 거짓은 아니다.

'소 뒷걸음질에 쥐 잡는다'고 KSS경호의 설립에 만수파나 진원파의 자금이 상당 부분 투입이 되었다.

성환이 두 조직을 장악하면서 많은 비자금을 뒤로 빼돌려 훈련장을 마련한 섬을 구입하거나, 장비 구입, 그리고 강남의 금싸라기 같은 땅에 있는 빌딩을 경호 회사로 만들 수 있었다.

그러니 국세청이 작정하고 털면 성환도 곤란해진다.

그동안 성환은 너무 앞만 보고 달리다 보니 주변을 돌아볼 여유가 없었다.

사실 그동안 벌인 일들이 체계적이지 못하고 주먹구구적인 부분이 없지 않았다.

그래서 이번 일만 해결이 되면 다시 한 번 정비를 하려고 작정을 했다.

양적 증대는 어느 정도 마무리되었다.

물론 앞으로도 계속해서 섬에 신입 연수라는 명목으로 수련생을 보낼 것이다.

그러는 한편 양성된 경호원들을 국내뿐 아니라 필요하다면 외국에도 파견을 보내려고 계획 중이었다.

그러기 위해선 이번 국세청의 일부터 해결을 봐야 한다.

그것도 잡음이 일지 않게 확실히 말이다.

그런데 아직까지 성환은 자신에게 그럴 힘이 부족하다는 것을 잘 알고 있다.

그러니 이렇게 세창을 찾아 그에게 이번 일을 미루었다.

물론 세창이 그런 힘을 가지고 있지 않다는 것은 성환도 알고 있다.

하지만 세창을 찾은 것은 그의 뒤에 군이 존재하기 때문이다.

"그것만 해결해 주면 되는 거냐?"

"그래, 그것만 해결되면 다른 일은 내가 해도 된다."

"알았다. 그럼 그 문제는 내가 알아서 처리할게."

"고맙다."

세창이 답에 성환은 고맙다는 말을 했다.

이때 세창은 성환에게 다른 일을 물었다.

"참! 그건 어떻게 됐냐?"

"뭘?"

주체가 빠진 질문에 성환은 다시 되물었다.

그러자 세창은 성환이 중국에 가기 전 언급했던 실사격 훈련장에 관한 문제를 물어보았다.

세창이 생각하기에도 아무리 잘 만들어진 가상 시뮬레이터라고 하지만, 아직까지 현실을 그대로 재현하는 것에는 한계가 있는 것은 분명했다.

특히 가상 현실이다 보니 응용성은 뛰어나지만 장비들의 무게를 아직까지 실현하지 못해 조금은 비현실적으로 느껴졌다.

물론 그것이 가진 장점이 무게감 하나로 무시될 것은 아니지만 그래도 문제가 아주 없는 것은 아니다.

아무리 특수훈련을 받은 사람이라고 하나 한 사람이 지닐 수 있는 장비의 무게 제한은 분명 있다.

그러니 현실에서의 훈련도 병행이 되어야 한다.

그래야지 가상 현실에서 행한 훈련들이 현실에서도 가능한 것인지 알 수 있기 때문이다.

"중국에 이미 장소와 필요한 장비들을 모두 마련해 두었다."

성환이 이미 그런 장소가 중국에 마련되어 있다는 말에 세창은 조금은 흥분한 어조로 물었다.

"그럼 그곳으로 아무 때나 가서 훈련을 하는 것도 가능한 것이냐?"

확실히 그것도 문제였다.

아무리 장소를 섭외하고 또 필요한 고가의 장비들을 갖춰 있다고 하지만 그곳은 국내가 아닌 외국.

더욱이 마련했다는 물건들이 총기류와 같은 군사 장비이지 않은가?

내국인들에게도 허용되지 않을 일을 외국인인 성환에게 허가한다는 것은 상상이 되지 않았다.

그런데 이게 가능하다는 것이 잘 믿기지 않아 물어본 것이다.

"그것도 이미 해결했다."

"어떻게?"

"그냥 넌 몰라도 된다."

아무리 친한 세창이라고 하지만 알아서 좋을 것은 없었다.

어떻게 보면 자신이 한 일 때문에 중국의 군사력 일부가 상승했기 때문이다.

미국에는 5억 달러라는 엄청난 금액을 받고 가르쳤던 것을 중국에는 그보다 못한 대가를 받고 가르친 것이나 다름없었기 때문이다.

물론 그건 어떻게 가치판단을 하느냐에 따라 다르겠지만 말이다.

제남군구 사령관은 성환의 부탁을 들어주는 조건으로 자신의 제자들은 물론이고 성환이 만들려고 하는 건물에서 실시하는 프로그램을 요구했다.

그리고 성환은 그것을 들어주었다.

왜냐하면 그가 KSS경호 특임대들이 무사 입국도 책임지기로 했기 때문이다.

아무리 자신이 소림의 사조라 명명되고, 그가 소림의 원로라는 직위를 가지고 있다고 하지만, 서로 간에 주고받는 것이 없다면 그 관계는 오래 가지 못한다.

그러니 원만한 관계를 위해서라도 줄 것은 주고받을 것은 받으면 된다.

하지만 이런 것까지 세창에게 일일이 설명을 해 줄 필요가 없기에 입을 다물었다.

사실 물어보는 세창도 그저 어떤 방도로 그들을 중국에 입국을 시킬 것인지 궁금한 것이지 자세한 내용을 알고 싶은 생각은 없었다.

성환이 이럴 때면 자신으로써는 어쩔 도리가 없다는 것을 잘 아는 세창은 그냥 넘어가기로 했다.

"알았다."

"그럼 난 네가 이번 건은 잘 처리해 줄 것으로 알고 가 본다."

"그래, 이번 일은 총장님께 말씀 드려서 해결할 거니 넌 특임대 만드는 일이나 좀 빨리 진행을 해 주기 바란다."

자꾸만 세창이 특임대에 관해 뭔가 다급해하는 듯한 뉘앙스로 말을 하자 이상한 생각이 들었다.

"그런데 아까부터 특임대의 일에 신경을 쓰는데, 무슨 일 있냐?"

성환은 자꾸만 자신이 재원에게 지시한 특임대의 일에 관심을 보이고 있으면서 직접적으로 물어보지 못하고 말을 빙빙 돌리고 있는 것이 무언가 자신이 모르는 일이 군 내부에 흐르고 있음을 짐작했다.

그리고 아니나 다를까.

세창이 들려준 말에 왜 그렇게 급하게 특임대의 일을 관심을 보이는지 알게 되었다.

"군 내부에 암류가 흐르고 있다."

"암류?"

"그래, 군에서 삼청프로젝트를 진행하던 중 군 내부 깊이 자리한 세력이 있음을 알게 됐다."

"너희 조직에서 지금까지 몰랐단 말이냐?"

"그래, 우리 조직 내에도 간세가 자리 잡고 있어 그동안 우리가 하던 사정 작업을 피할 수 있던 것으로 보인다."

군의 독립성을 찾고 또 대한민국을 세계 정상에 올리기 위해 결성되어 대한민국 군의 상당 부분을 차지한 대한회 내부에 그들이 몰랐던 세력의 간세가 침투해 있었다는 말에 성환도 놀랐다.

"어떻게 그럴 수 있지?"

군의 인사권을 장악한 대한회에 반하는 세력이 있었다는 것이 도저히 믿기지 않았다.

사실 군대도 조직의 특성을 그대로 가지고 있다.

높은 자리에 오를수록 권한과 힘이 높아진다.

그래서 군 내부에도 진급을 하기 위해 각종 로비가 펼쳐지고 있다.

그런데 그런 인사권을 장악하고 있는 대한회의 눈을 피하는 것은 물론이고 오히려 내부 깊숙한 곳까지 침투해 군 사정 작업에서 사정의 칼날을 피했다고 하지 않는가?

"어떻게 발견하게 됐냐? 아니, 어디냐?"

성환은 처음 깊숙이 숨은 암류를 어떻게 발견하게 되었는지 물어보다 그보다는 어떤 곳의 세력인지 물어보았다.

어차피 미국이나 일본 그도 아니면 중국에 포섭된 인물일 것이 분명하니 철저히 준비된 삼청프로젝트를 피했던 이들이 어느 곳에 해당되는 존재인지 궁금해진 것이다.

물론 삼청프로젝트는 아직도 진행형인 프로젝트.

그것이 완성이 되려면 자신이 사회에서 벌이고 있는 일이 마무리 될 때가 아마도 프로젝트의 완료일일 것이다.

그러니 혹시라도 자신이 진행하고 있는 프로젝트에 영향을 줄지도 모르는 암류의 정체가 궁금했다.

그런 성환에게 세창은 그 암류의 배후를 예상해 알려 주었다.

"그들의 배후로 짐작되는 곳은 아마도 미국 아니 CIA같다."

세창의 말에 성환의 눈이 반짝였다.

전에는 그런 일이 있었다.

미국 중앙 정보국이 동맹국 내부에 첩자를 보내고 있다는 내용의 소문 말이다.

그리고 10년 전에 직원 한 명이 양심 선언을 하며 CIA가 동맹국의 군사 정보나 최고 통수권자들의 외교 전략들을 감청하고 있었다는 것이다.

그 때문에 그 직원은 반역자라는 죄명과 함께 목숨의 위협을 받아 러시아로 망명을 신청했다.

전 세계를 상대로 했던 감청 프로젝트가 폭로됨으로 미국은 큰 타격을 받았다.

아무리 초강대국인 미국이라지만 이 문제만큼은 함부로 다룰 수 없었으니까.

그 이유는 러시아는 물론이고 21세기 이후 급부상하는 중국뿐 아니라 동맹국인 영국, 프랑스 등, 나토 회원국들도 동맹인 자신들마저 감청의 대상이었다는 것에 분노했기 때문이다.

그래서 미국은 비밀을 폭로한 직원을 자국의 법으로 처벌하기 위해 각종 외교력을 동원하는 반면, 동맹국들을 달래기 위해 그 프로젝트를 전략 폐기하기로 발표를 했다.

그런데 이번에 그와 비슷한 프로젝트의 산물로 보이는 암류를 발견했다고 한다.

성환이 생각하기에 프로젝트를 겉으로는 폐기한 것으로 발표했으나 오히려 보안을 더 철저히 하여 운영한 것으로 보였다.

그래서 군에서는 미국이 눈치채기 전에 군 내부에 암약하는 첩자들을 처리하기 위해 자신의 밑에 있는 특임대가 필요한 것으로 보였다.

"알았다. 그런데 아직은 시간이 필요하다. 6개월 뒤라면 일부 인력을 빼 운영을 할 수는 있겠지만, 지금은 가용 인력이 너무 부족해."

군이 사정을 알게 돼 도움을 주고 싶었지만 현재 정말로 가용할 인원이 없다.

특임대로 이름을 바꾼 특별경호팀은 절반이 현재 자신의 조카인 수진을 보호하기 위해 미국에 파견을 보낸 상태다.

그리고 남은 절반의 팀은 섬에서 한 참 기존 경호원들 중 차출한 인원들을 특임대에 맞게 단련을 시키고 있다.

그러니 지금은 아무리 애를 써도 할 수 없었다.

세창도 그걸 알기에 다른 요구를 하지 않고 그저 특임대가 언제 완성이 될지 물어 오는 것이고, 6개월 뒤면 적은 인원이지만 자신에게 보내 줄 수 있다는 말에 표정이 조금 밝아졌다.

"이게 어떻게 된 일인가!"

김병두는 자신이 청탁을 넣었던 국세청장에게 전화를 걸어 소리를 지르고 있었다.

원수와 같은 놈을 물 먹이기 위해 없는 시간까지 내 부탁을 했는데, 이렇게 허무하게 끝나 버리다니 속에서 끓어오르는 화를 참기 힘들었다.

"이런, 썅!"

쾅!

국세청장과 통화를 하던 김병두는 급기야 제 분을 참지 못하고 욕을 하며 들고 있던 전화기를 던져 버렸다.

전화기는 단단한 벽에 부딪혀 산산조각이 되고 말았다.

"이놈이나 저놈이나 날 어떻게 보고……."

아마도 통화를 하던 국세청장의 답변이 그리 마음에 들지 않았는지 김병두는 분을 참지 못했다.

사실 국세청장도 답답하긴 마찬가지였다.

여당 실세인 그의 부탁을 들어주면 뭔가 떨어지는 것이 많다는 것을 잘 알고 있기에 처음 듣도 보도 못한 경호 회사 하나에 대한 세무조사를 해 달라는 청탁을 넣었을 때, 옳다구나 하고 청탁을 받아들였다.

자신도 언제까지 공무원으로만 있을 수는 없는 것 아닌가?

이번 청탁을 하면서 김병두는 다음 여당 공천에 힘써 주겠다는 말을 했기에 그도 김병두의 이번 청탁을 들어주었던 것이다.

더욱이 조사를 해 보니 뭔가 석연찮은 구석이 있기도 했다.

운영이나 세금납부 내역은 이상이 없는데, 회사설립 비용에 관해 증빙할 만한 것들이 부족했다.

분명 그가 오랜 군 복무를 하면서 축적한 자금으로는 절대로 회사를 설립할 수가 없었다.

그런데 200명에 가까운 직원을 거느린 대형 경호 회사를 설립했다는 것은 말이 되지 않는 것이었다.

물론 경호 회사란 것이 직원의 숫자나 사무실의 크기 등에 많은 비용이 들어가지 않는다 하지만, 그 초기 비용은 다른 기업들에 비해 많은 부분을 차지한다.

이는 시설비용이 아닌 인건비 때문에 그런데, 직원의 급여 체계를 봐도 알 수 있는 그들의 임금은 일반 경호회사의 경호원들과 질적으로 달랐다.

월 130—150만원 사이인 여타 경호 회사의 임금과 달린 KSS경호의 경운 초보 경호원의 월급이 기본급 180에 이런 저런 것을 더하니 월 300을 웃도는 것이다.

물론 월급 명세서에 기본급과 상여금 이런 부분이 자세히 나와 있기에 알 수 있었는데, 일반적이지 못한 급여 체계를 봐서 알 수 있듯 200명에게 기본급만 지급을 해도 한 달 급여가 3억 6천만 원을 지급해야 한다.

그런데 그중에는 대리면 과장, 부장 등 직책이 있으니 그 것도 감안하면 원 급여만 해도 최소 4억 원 이상이 소요된다고 판단되었다.

누가 봐도 정상적으로 보이지 않았다.

그래서 그 부분을 파고들려 하던 찰라 국방부에서 연락이 왔다.

장관이 직접 연락을 해, 더 이상 KSS경호에 대한 조사를 중단해 달라는 부탁 아닌 부탁을 해 온 것이다.

그래서 그 이유를 들어 보니 군에서 실시하는 프로젝트라는 말.

오래전 군에서 한 번 실시했다가 실패한 조폭들에 대한 갱생을 위한 프로젝트를 비밀리에 시험한다는 소리였다.

그 말을 들으며 왜 군에서 비밀리에 그런 프로젝트를 하는 것인지 궁금해 그 이유를 물었다.

그런데 그 이유가 군 복무를 마친 특수부대원들의 일자리 창출에 관한 실험을 하기에 그렇다는 것이다.

국세청장도 KSS경호의 사장이나 간부들이 모두 특수부대원 출신이란 것을 들어 알고 있었기에 국방장관의 말에 수긍할 수밖에 없었다.

더욱이 일부 특수부대원들이 사회 적응을 못해 암흑가로 편입되는 것도 막는 일이라며 협조를 부탁한다는 말에 어쩔 수 없이 알았다는 말을 하게 되었다.

그랬기에 이용호 국세청장은 김병두 의원의 청탁이 아쉬운 마음이 없진 않았지만 더 이상 파고들 수도 없었다.

　그런데 그런 상황도 모르고 자신의 청탁들 거절하는 이용호 청장에게 화를 내는 김병두의 행동에 이용호 청장도 단호하게 통화를 끝내 버린 것이다.

　이 때문에 더욱 화가나 결국 통화를 하던 전화기를 벽에 던진 김병두였다.

　그렇게 한참을 씩씩거리던 김병두는 자신의 자리에 앉아 궁리를 하였다.

　어떻게 하면 원수 같은 성환을 통쾌하게 물 먹일 수 있을지 아무리 고민을 해 봐도 떠오르는 것이 없어 머리만 아팠다.

◈　　◈　　◈

　김병두가 국세청장과 통화를 하고 분통을 터뜨리고 있을 때 성환은 특임대를 양성하기 위해 들어가는 비용을 정산하기 위해 골머리를 썩고 있었다.

　김상수가 보낸 이들로 인해 최진혁이 부상을 당해 일을 하지 못한 사이 예산들이 집행이 되지 못해 장비 구입이나 약재 구입이 전면 중지되어 버렸다.

　한시라도 빨리 처리해야만 중지된 프로젝트가 진행이 되기에 급하게 거둬들인 예산을 집행하기 위해 업무를 보았다.

어느 정도 일을 처리하고 시간적 여유가 생기자 그제야 자신이 중국에 가면서 세웠던 계획 중 일부를 하지 못했다는 것이 생각났다.

작년 양명에게 분명 자신이 중국에 가게 되면 금련방이 한국에서 벌였던 불법적인 일에 대하여 결과를 보겠다는 말을 했었다.

성환도 출발 전 소림을 돌아본 뒤 금련방을 방문하려고 계획을 잡았다.

그런데 사람의 일이란 것이 언제나 계획대로 진행되는 것이 아니라 언제 어느 때 돌발사태가 발생할지 모르는 일이다.

그런데 이 돌발 상황이 성환에게 발생했다.

첫 번째가 바로 소림의 방장인 료료 대사가 성환에게 1대 제자들에게 성환이 알고 있는 나한공의 원류를 전수해 달라는 부탁이었다.

나한공이 소림의 기본공이란 것을 잘 알고 있는 성환이 그 부탁을 거절할 수도 없었다.

어찌 되었든 그들에게 도움을 받았고, 또 부탁할 것도 있으니 말이다.

또 다른 하나는 바로 성환의 회사인 KSS경호에 대한 국세청의 세무 감사였다.

비록 큰 규모의 사업체는 아니지만 그래도 성환이 프로젝트를 추진하는 데 많은 도움이 되는, 그리고, 자신의 능력을 숨길 수 있는 가림막 역할을 하는 회사이니 그대로 둘 수도 없었다.

그러다 보니 정작 계획했던 금련방을 방문하는 것은 뒤로 미뤄진 것이다.

이것이 금련방으로써는 독이 될지 약이 될지는 모르지만, 일단 현재는 그들에게 약과 같이 작용했다.

양명이 돌아가 그의 부친에게 성환이 한 말을 그대로 전달했다.

성환은 양명에게 말하길 그들이 대범파에게서 넘겨받은 한국 여성들을 모두 찾아내라는 말을 했다.

그리고 자신이 금련방을 찾아갔을 때, 그들을 자신이 한국으로 데리고 돌아갈 수 있게 하여야 한다는 단서를 달았다.

만약 그러지 못했을 때 어떤 보복을 당할지는 그들의 상상에 맡긴다는 말도 했었다.

양명은 이미 성환에게 감복을 하고 있기 때문에 성환에게 들은 이야기를 조금은 과장을 보태 자신의 아버지에게 말했다.

양명의 이야기를 전해들은 양창위는 그의 말을 전부 믿는 것은 아니지만 소림의 사조라는 말 때문에 쉽게 생각할 수가 없었다.

그래서 장로들과 많은 논의를 한 결과 양명이 전한 말을 따르는 것으로 결론을 내렸다.

그렇지만 자신들이 중국 각지로 팔아넘긴 한국 여성들을 모두 찾는다는 것은 사실 불가능한 일이다.

중국이란 땅이 결코 좁은 땅이 아니다.

자국민도 여행을 하기 위해선 허가증을 발급해야 하는데, 불법적으로 데려온 한국 여성들을 이동시킨다는 것이 쉽지 않다.

그렇기 때문에 더욱 불법적인 일들이 성행했다.

신분을 위장하거나 때로는 가축의 우리처럼 생긴 상자에 담아 물건을 나르듯 옮겼다.

그러다 보니 그들이 어디로 팔려갔는지 찾는 것이 쉽지 않았다.

누구에게 팔렸는지 신경을 쓰고 파는 것도 아니다 보니 정말이지 그녀들을 찾기는 힘들었다.

다행이라면 자신들이 넘겨받은 여성들의 미모가 상당해 내륙으로 팔려가지 않았다는 것이다.

만약 그랬다면 그냥 자신들을 찾아올 소림의 사조와 생사결을 하는 것으로 결정했을 것이 분명하니까.

어차피 불가능한 일을 해 고생은 고생대로 하고, 보복을 당할 바에는 방의 미래를 책임질 후손들을 빼돌리고 자신들이 나서서 보복을 받던 그를 물리치던 했을 것이다.

하지만 소재 파악이 되었다고 해도 팔았던 이들을 되찾아 오는 것도 쉽지만은 않았다.

금련방으로서는 성환이 들리지 않은 것으로 시간적 여유를 얻게 되었다.

'아! 금련방을 들렀어야 하는데, 벌써 4개월이 되어 가는 구나!'

성환은 자신이 양명에게 말했던 것이 벌써 3개월이 지나 4개월에 가까워지고 있다는 것이 생각났다.

오버하는 것 같지만 자신이 지켜 주지 못한 한국의 여성들을 뒤늦게나마 고향에 돌아오게 해 주고 싶었는데, 일이 발생하다 보니 그만 그 일을 까먹었다는 것에 반성을 하였다.

❖　　❖　　❖

"흐흥, 아파요. 천천히!"

윤여정은 자신의 몸 위에서 거칠게 씩씩거리며 펌프질을 하고 있는 남자의 거친 행동 때문에 힘이 들었다.

30대 초반의 한창 잠자리의 즐거움을 알 나이지만 오늘의 잠자리는 쾌락을 찾기는 힘들었다.

평소에도 자신을 찾을 때면 자신의 기분만 풀고 내려가는 남자이기도 했으나 오늘은 더욱 거칠고 자신을 배려해 주지 않고 있었다.

아무리 아프다고 호소를 해 보지만, 위에 있는 남자는 그녀의 말을 듣고 있지 않았다.

"개새끼! 감히, 감히 내 전화를 그따위로 받아! 죽어! 죽어!"

자신의 밑에 깔린 윤여정이 마치 자신이 저주하는 사람이라도 되는 듯 죽으라는 고함을 지르며 더욱 거칠게 허리를 놀렸다.

"악!"

급기야 윤여정은 비명을 지르기에 도달했다.

하지만 평소에 좀 거친 플레이를 하기는 했지만 그래도 어느 정도 여정을 배려하던 남자는 밖에서 무슨 일이 있었는지 난폭하게 여정을 유린했다.

흡사 강간이라도 하는 것처럼 말이다.

지금 여정의 몸 위에서 한참 몸을 흔들고 있는 사람은 다름이 아니라 김병두였다.

여당의 3선 의원인 그는 오늘 낮에 받은 화를 지금 여정에게 풀고 있었다.

사실 윤여정은 김병두의 첩이었다.

첩이란 것이 공식적으로 인정되는 관계가 아니지만 이미 대한민국의 상류층에게 첩이란 것이 그리 흠이 되는 것도 아니었다.

아니, 오히려 그건 남자의 능력 정도로 인식이 될 정도로 그들 세계에서는 당연시되었다.

물론 남자만 그런 것이 아니라 상류층 여자도 비슷했다.

젊은 애인이 없다면 무능력하거나 매력이 없는 것으로 인식이 되고 있어 상류층에서는 이런 애인을 두는 것이 유행처럼 번지고 있었다.

그렇다고 김병두가 윤여정을 첩으로 둔 것이 사회에 알려진다면 정치 생명이 끝날 정도는 아니지만 큰 곤란을 겪을 것은 분명했다.

윤여정의 존재는 그녀의 안사람도 알고 있는 문제니 집안에서는 그리 문제가 되지는 않지만 일반 시민들은 그들만의 세계를 인정하지 않을 것이다.

어차피 둘의 관계는 불륜이기 때문이다.

그런데 30대인 윤여정과 50대인 김병두가 어떻게 이런 관계가 된 것인지는 너무도 빤했다.

톱스타가 되기 위해 윤여정이 신인 시절 그에게 스폰을 받았기 때문이다.

이미 10년도 더된 일로 윤여정이 갓 연예계에 데뷔를 하면서 그녀는 자신의 아버지뻘 되는 김병두의 애첩이 되었다.

신인 때는 소속 기획사의 강요로, 나중에는 그가 전해 주는 물질적 선물에 혹해 지금까지 관계를 유지하고 있었다.

더욱이 두 사람 사이에는 이미 자식까지 있었다.

즉, 김병두의 사생아를 윤여정이 나은 것이다.

그 때문에 오래전 윤여정 스캔들이라고 증권가에 루머가 돌기도 했지만, 윤여정은 소문을 일축하고 자신과 김병두 사이에 난 자식을 입양한 양자라 포장을 하였다.

그러면서 고아를 입양한 천사로 연예계에 알려졌지만, 사실 이것도 다 김병두의 머리에서 나온 수작일 뿐.

아무튼 오래전부터 깊은 관계에 있는 두 사람이지만, 오늘만은 서로의 애정보다는 김병두의 분을 식히기 위한 행위일 따름이다.

그런데 언젠가부터 이 둘의 관계를 지켜보는 시선이 있었다.

'후후, 이거 돈 좀 되겠는데!'

한 남자가 8인치 모니터를 보며 야비한 미소를 짓고 있었다.

이 남자의 정체는 바로 불륜이나 기업 비리를 전문으로 도촬해 팔아먹는 파파라치였다.

더욱이 의뢰인이 김병두 의원과 관계하는 사람이 톱스타인 윤여정이란 것을 알게 되자 더욱 흥분했다.

세상에는 천사라는 꼬리표가 달린 윤여정이 사실은 탐욕의 화신으로까지 여겨지는 김병두 의원의 내연녀라는 것이 알려진다면 아마도 큰 이슈가 될 것이 분명했기에 더욱 흥분했다.

자신과 성과 이름도 같은 김병두 의원이 톱스타 윤여정을 유린하는 장면을 보면서 그는 지금 자신이 그녀를 겁간하고 있는 것처럼 흥분하기 시작했다.

도촬을 하고 있는 파파라치도 상당한 변태였다.

처음 기자를 꿈꾸며 사진기를 들었던 오래전 꿈은 현실에 먹혀 버리고, 지금은 이렇게 남 불륜이나 찾아다니는 하이에나가 되어 있었다.

벌써 이 생활을 20년 가까이 하다 보니 별에 별 장면을 다 보았다.

그중에는 자신이 보고 싶지 않은 장면도 섞여 있었다.

한때 자신이 사모하던 여인이 국장의 밑에서 열락에 헐떡이는 장면도 보았고, 자신의 부인이 다른 남자와 불륜을 저지르는 장면도 촬영을 했었다.

그러면서 자신도 모르는 사이 남의 불륜을 보며 흥분을 하기 시작했다.

이미 정상적인 삶이 아닌지라 자신도 모르게 그런 쪽으로 변해 갔다.

처음은 간단한 관음증(觀淫症)이었는데, 지금에는 증상이 심각해져 남이 섹스를 하는 장면을 보지 않으면 흥분이 되지 않았다.

지금도 모니터 속에서 김병두 의원과 윤여정이 섹스를 하는 장면을 보며 수음을 하고 있었다.

자신이 내연녀와 섹스를 하는 장면이 누군가에 의해 도촬이 되고 있다는 것도 모르고 김병두는 열심히 윤여정의 위에서 광란의 섹스를 하였다.

"죽어! 죽어!"

뭐가 그리 불만인지 윤여정을 유린하면서도 그는 계속해서 죽으라는 말만 반복했다.

◆　　◆　　◆

집권 여당인 한국당은 아침 일찍 배달된 뜨거운 뉴스에 난리가 났다.

여당의 중견 의원의 낯 뜨거운 섹스 스캔들이 터진 것이다.

더욱이 그 섹스 비디오가 인터넷상에 올라와 엄청난 조회수를 자랑하고 있어, 한국당이란 이름과 그 의원의 이름이 실시간 검색어 상위에 랭크되었다.

[천사표 톱스타 A양 알고 보니 애욕의 화신, 상대는 집권 여당의 실세인 김○○ 의원]

탕!

"이게 말이 되는 소립니까?"

"그러게 말입니다. 아무리 허리 아래의 일은 입에 담는 것이 아니라고 하지만 이건……. 에잉!"

신문을 보며 붉게 달아오른 얼굴로 장년의 사내들이 급기야 신문을 집어 던지며 소리쳤다.

그리고 같은 공간에 있던 다른 사람들도 마찬가지로 그와 비슷하게 혀를 차며 인상을 찌푸렸다.

김병두는 새벽 늦게까지 윤여정을 유린하고 늦잠을 잤다.

감히 국세청장 따위가 자신과 통화를 하면서 그런 행동을 했다는 것에 화가 나 술에 잔뜩 취해 저녁 늦게 윤여정을 찾았다.

집에 들어가 봐야 늙은 마누라도 뭔 일이 그리 많은지 밖으로만 돌고 있으니 집에 가지 않고 기분을 달래기 위해 내연녀인 윤여정의 집으로 향했다.

그리고 그곳에서 흥분해 그녀를 유린했다.

평소와 같지 않은 난폭한 관계였지만 새벽 늦게까지 행한 섹스는 평소와 다른 각별한 느낌이었다.

그렇게 기분 좋게 늦잠을 잔 그를 깨운 것은 보좌관의 다급한 전화였다.

당 대표가 찾는다는 연락을 받은 김병두는 무엇 때문에 자신을 찾는지 모르지만, 자신이 윤여정과 있을 때는 가급적 연락을 하지 말라고 보좌관에게 지시를 했는데, 그것이 지켜지지 않아 윤여정과의 섹스로 풀렸던 기분이 조금은 언짢아졌다.

그렇게 기분이 조금은 좋지 않게 나온 당사.

자신을 보는 동료 의원들의 표정이 좋지 않았다.

특히나 여성 의원들의 표정이 마치 더럽고 혐오스런 물건을 보는 듯 쳐다보는 것에 무척이나 기분이 나빴다.

하지만 기분이 나쁜 것도 나쁜 것이지만 무엇 때문에 그런 것인지 몰라 궁금해할 때, 자신을 부른 당 대표를 만나고 그 이유를 알게 되었다.

자신과 윤여정의 관계가 폭로가 된 것이다.

뿐만 아니라 바로 어제 있었던 그녀와의 섹스 동영상이 인터넷상에 돌아다닌다는 것을 알게 되었다.

자신의 섹스 동영상을 관람하게 된 김병두는 너무도 큰 충격에 아무것도 생각나지 않았다.

3.
김병두의 몰락

회사에 출근한 성환은 책상 위에 올라온 신문을 살펴보았다.

신문을 읽기 시작한 지 1초도 되지 않아 그의 입가에 미소가 어렸다.

김병두 의원을 요리하기 위한 작전의 신호탄이 신문 일 면을 장식하고 있기 때문이었다.

파파라치에게 김병두 의원의 불륜을 의뢰한 것은 다름 아닌 성환의 지시를 받은 만수파 조직원 중 한 명이 한 일이었다.

이미 준비를 마치고 의뢰를 한 것이기에 파파라치는 그냥 앉아서 떨어지는 감을 받아먹은 것뿐이 없었다.

김병두의 내연녀가 윤여정이고, 이미 둘의 관계가 10년 전부터 이루어지고 있었다는 것을 진즉에 알고 있었기에 준비를 하는 것은 너무도 쉬웠다.

윤여정에 관해서는 김한수 의원의 보좌관이었던 김동한을 잡았을 때, 이민 진술을 받아 놓았다.

김병두를 함정에 빠뜨리기 위해 그가 윤여정과 통정을 하는 증거를 잡아야 했다.

기술자를 시켜 윤여정의 집에 여러 대의 몰래 카메라를 설치했다.

많은 증거 자료가 있었지만, 뭔가 사건에 사용하기에는 좋지 못한 내용들이었다.

불륜이긴 하지만 이미 자신의 자식을 어여삐 여기는 김병두의 모습이나, 섹스를 하기는 하지만 스폰서와 스폰을 받는 연예인이 아닌 연인 사이의 관계를 보는 듯한 장면을 연출하는 두 사람의 섹스 동영상은 이번처럼 이슈를 몰고 올 정도가 아니었다.

하지만 어젯밤에 촬영한 장면은 그렇지 않았다.

평소와 다른 무척이나 거칠고 난폭한 섹스 장면이 연출되었다.

마치 윤여정을 강간이라도 하듯 전희나 섹스를 나누기 전 애무나 그런 것도 없이 거칠게 옷을 벗기고 바로 삽입을 하는 장면은 두 사람의 관계가 정상이 아니게 보이기 충분했다.

이번 동영상을 본 뒤라면 이전에 아름답게까지 보였던 두 사람의 섹스 동영상을 본다고 해도 두 사람의 관계를 정상적으로 볼 사람은 아무도 없을 것이다.

뭐 이번 동영상 사건으로 인해 윤여정이 피해를 보긴 하겠지만, 어차피 두 사람의 관계가 부적절한 관계이니 언젠가는 직면하게 될 일이었다.

그것이 좀 더 이른 시간에 밝혀진 것뿐이니까.

성환은 처음 자신이 김병두에게 복수를 하기 위해 윤여정까지 이용하는 것이 잘하는 일인지 고민을 했었다.

하지만 그것도 잠시, 그녀가 그동안 김병두의 후원을 받으며 누렸던 것들을 생각하니 그런 미안한 마음은 금방 사라졌다.

물론 그녀의 실력 때문에 배역을 따낸 것도 물론 있을 것이다.

하지만 그렇지 않고 김병두가 가진 영향력으로 따낸 배역이 더 많을 것이고, 그 때문에 피해를 본 사람들도 분명 있을 것이란 생각에 금방 그런 생각을 접을 수 있었다.

"지금부터 시작이다. 어디 잘 버텨 봐……."

신문을 보며 성환은 나직하게 중얼거렸다.

김병두 의원의 사진을 보며 아마도 이번 일이 끝이 아님을 뜻하는 것처럼 성환은 그렇게 중얼거렸다.

김병두는 김한수로부터 온 연락을 받고 모든 일정을 취소하고 집으로 돌아왔다.

집 안으로 들어서는 그가 가장 먼저 맞이한 것은 바로 거실을 장식하고 있는 화병이었다.

화려한 색감을 뽐내던 꽃이 들어 있던 화병은 김병두가 집으로 들어오자 그를 마중 나오듯 날아와 닫힌 문과 부딪혀 산산조각이 나고 말았다.

쾅! 쨍그랑!

"이게 어떻게 된 일이야!"

"아버지 그것이……."

"병신 같이 이런 기사나……."

김한수는 탁자에 있는 신문을 치며 소리쳤다.

그런 아버지의 모습을 본 김병두는 저도 모르게 인상이 구겨졌다.

또 저 기사 때문에 아버지에게 혼이 나자 저도 모르게 화가 난 것이다.

자신의 나이 벌써 오십 하고도 네 살이나 되었다.

그런 자신을 그저 스캔들 기사 하나 때문에 몰아붙이는 아버지의 모습에 정말로 화가 난 것이다.

"아버지, 너무하시는 것 아닙니까?"

"아니, 뭐야!"

그동안 아버지에게 눌려 있던 것이 폭발이라도 한 것처럼 김병두는 전에 없이 화를 내는 아버지에게 반발했다.

언제나 그랬다. 자신이 하는 일이면 매사 안 좋게 보며 간섭을 하고, 또 자신의 의견은 들어 보지도 않고 무시를 했다.

더욱이 아버지도 자신의 어머니 말고도 많은 내연녀가 있었다는 것을 잘 알고 있다.

하지만 그런 것을 모두 모른 척해 주었는데, 겨우 한 번 난 스캔들 기사 때문에 이렇게 화를 내는 아버지에게 김병두도 화가 난 것이다.

"아니, 겨우 이런 거 가지고 뭘 그리 화를 내냔 말입니다."

"뭐! 겨우 이런 거?"

"그렇지 않습니까? 솔직히 지금에 와서 말하는 것이지만, 아버지도 어머니 말고 여자 있으셨지 않습니까?"

"이놈의 자식이 뭘 잘했다고⋯⋯!"

김한수는 아들의 전혀 뜻밖의 반응에 너무 놀라 어떤 말도 못하고 기가 막혔다.

어려서부터 한 번도 자신의 말에 반발을 하지 못했던 아들이 지금에 와서 반항을 하니 어떻게 처리할지 분간이 가지 않았다.

"내가 모를 줄 아십니까? 전 여성부 장관인 이향숙도 그렇고, 노선당의 이옥수 의원도 사실 아버지와 부적절한 관계였지 않습니까? 그들 말고도 더 있지만 더 이상은 말하지 않겠습니다."

쿵!

김병두는 그렇게 자신의 아버지인 김한수에게 폭언에 가까운 말을 쏟아 내고 밖으로 나가 버렸다.

한편 갑작스런 아들의 반격에 놀란 김한수는 자신에게 폭언을 하고 나가는 아들의 뒷모습을 보면서도 그 걸음을 막을 수가 없었다.

너무 놀라 정신을 차릴 수가 없었기 때문이다.

❖   ❖   ❖

김병두가 자신의 아버지 김한수 전 의원의 호출에 급히 당사를 나가 자신의 집으로 가던 시각, 검찰에 익명의 투서가 날아들었다.

그리고 검찰에 투서가 날아든 시점에 대한민국에 있는 각 신문사뿐 아니라 포털 사이트에도 일단의 자료가 업데이트되었다.

"야! 이거 뭐야!"

인터넷 뉴스만을 취급하는 좋은 일보 기자, 신보라는 자신의 컴퓨터에 떠오른 이메일 신호를 보며 눈을 반짝였다.

보낸 사람이 누군지 모르지만 투고를 한다는 내용이기에 메일의 내용을 읽어 보았다.

그런데 메일을 읽으면서 금방 특종이란 생각이 바로 머릿속을 밝혔다.

'특종이다.'

특종이란 생각이 떠오르자마자 그녀는 바로 편집장을 불렀다.

"선배! 여기요. 여기 좀 봐 줘요."

그녀는 급하게 얼마 전 편집장으로 진급한 자신의 선배를 불렀다.

신보라의 급한 부름에 자신의 자리에서 업무를 보던 김한국은 무엇 때문에 자신을 급히 찾는지 고개를 갸웃거리며 그녀의 곁으로 다가왔다.

"무슨 일이야?"

하지만 김한국의 물음에 답을 하기보다는 자신의 컴퓨터 모니터에 뜬 메일을 읽는 것에 정신이 팔린 신보라는 고개도 돌리지 않고 자신의 모니터를 가리키며 소리쳤다.

"이거나 좀 봐 보세요. 사실이라면 이거 특종이에요."

"뭐? 특종?"

특종이란 말에 김한국은 얼른 신보라가 보고 있는 그녀의 이메일을 읽기 시작했다.

그리고 얼마 지나지 않아 너무 놀란 얼굴로 중얼거렸다.

"이거 다른 곳보다 빠르게 내보내야 돼!"

"선배, 어서 편집실에 연락해요!"

"그래."

좋은 일보는 발신자가 없는 의문의 메일 하나로 난리가 났다.

그런데 그런 움직임은 좋은 일보뿐 아니라 다른 신문사와 포털 사이트도 마찬가지였다.

그리고 그와 비슷한 시간 검찰청에서도 메일의 내용을 가지고 갑론을박하고 있었다.

◈　　◈　　◈

"청장님, 이건 수사를 해야 합니다."

"아닙니다. 이 내용을 어떻게 믿고 수사를 한다는 말입니까? 그리고 이게 말이 된다고 보십니까?"

"아니, 왜 말이 안 된다고 말씀하시는 것입니까? 이렇게 확실한 증거가 있는데."

황미영 부부장검사는 자신의 메일로 들어온 어떤 사건 파일을 가지고 검찰 총장을 찾았다.

그리고 이렇게 그녀를 비롯한 검사장급 이상이 모여 논의를 하고 있었다.

그런데 분위기가 그녀가 보여 준 자료를 보며 수사를 진행하지 않는 방향으로 몰아가고 있었다.

하지만 그녀는 조사를 해야 한다는 주장을 하고 있었다.

누군지 모르는 익명의 제보자가 보낸 메일의 내용은 절대로 좌시할 수 없는 내용이 들어 있었기 때문이다.

정치인이 자신의 정적을 조폭을 이용해 테러한 내용과 증거 등이 들어 있었다.

뿐만 아니라 각종 뇌물 수수의 방법과 시기 등이 망라되어 있는 엄청난 것들이었다.

그런데 그녀를 뺀 다른 검사장들이 꺼려 하는 것은 그 자료가 겨냥하고 있는 인물이 만만한 인물이 아니기 때문이다.

3대째 대한민국 정계에 자리매김한 입지적인 집안이 연루되어 있었다.

더욱이 그 집안과 대립을 해서는 대한민국에서 크게 성공할 수가 없었다.

그러니 검사장들은 알게 모르게 그 집안과 연결이 되어 있다 보니 수사를 꺼려 하는 것이었다.

특히나 그 집안은 정계뿐 아니라 법조계에도 선을 대고 있는 집안이다.

메일의 중심에 있는 인물은 현 대법원장의 사위였다.

그러다 보니 함부로 그를 건드렸다가는 엄청난 파장이 불

것은 불을 보듯 빤했다.

그러니 누구 하나 총대를 메려는 사람이 없었다.

아니, 언급하는 것 자체를 부정한다는 것이 맞았다.

비록 이제는 일선에서 물러났지만 아직도 정계에 영향력을 미치고 있는 김한수를 비롯해, 3선의 현역 의원을 고발하는 내용이 적혀 있는데, 아무리 검찰이라고 하지만 함부로 그들을 조사할 수 없었다.

한마디로 고양이 목에 방울을 달 사람이 없는 것이다.

"여기, 여기 안 보이세요? 이미 이 자료와 똑같은 내용이 담긴 메일이 각 신문사에 전달이 된 상태입니다."

황미영의 말에 지금까지 그녀의 말에 반대를 하던 검사들이 얼른 컴퓨터를 움직여 메일 하단을 클릭했다.

그리고 그들의 눈에 보인 것은 방금 전 황미영이 말한 내용과 일치했다.

[위 내용은 사실이며 같은 내용의 이메일을 대한민국에 존재하는 모든 신문사와 포털 사이트에 메일로 보냈습니다. 검찰에서는 조속히 수사를 해 주시기 바랍니다. Mr.X로부터]

자신을 미스터 X라 명명한 사람이 검찰에 당부하는 글이 그들 눈에 또렷하게 들어왔다.

'젠장!'

그 글을 읽은 검사장들의 표정이 모두 똑같았다.

제대로 똥 밟았다는 표정이 역력했다.

아니 그러하겠는가?

자신들이 언제까지 검사를 할 것도 아니고 언젠가는 옷을 벗고 새로운 곳으로 자리를 옮겨야 한다.

그리고 많은 검사 출신들이 정계로 진출을 했다.

자신들의 선배들도 그랬고, 또 자신들도 그럴 생각이다.

특히 자리에 있는 검찰총장이나 고검장들이 표정이 더욱 좋지 못했다.

여당으로부터 제의가 들어와 있는 상태에서 여당 의원을 고발하는, 그것도 영향력이 막강한 의원에 대한 비리 자료가 들어 있는 메일이 들어왔으니 참으로 난감할 뿐이었다.

만약 수사를 하지 않을 땐 메일 하단에 나와 있는 내용대로라면 검찰은 국민에 욕을 먹을 것이다.

웬만한 사건이라면 그냥 무시해 버릴 테지만, 이 문제는 그렇게 간단한 것이 아니다.

바로 얼마 전 이중생활로 스캔들이 일어난 김병두 의원에 대한 비리 내용이기 때문이다.

이미 국민들의 관심을 받고 있는 때, 형사사건과 연관된 비리를 증거를 잡고도 수사를 하지 않는다면 검찰의 존재 자체를 부정하는 행위이기 때문에 검찰로서는 무척이나 난감하였다.

이의석 검찰총장은 고심을 하다 입을 열었다.

개인을 영달을 위해 숨기기에는 사건이 너무 컸다.

그래서 하는 수 없이 수사를 지시하였다.

"이번 사건은 이계진 고검장이 맡아서 수사하시오."

"알겠습니다."

총장에게 지명을 받은 이계진 고검장이 대답을 했다.

하지만 이때, 황미영 부부장검사가 자신도 이번 수사에 참여하겠다는 말을 하였다.

이제 겨우 부부장검사의 신분인 미영이 검사장이 수장으로 하는 수사에 참여하겠다는 말을 했기 때문에 많은 사람들의 눈총을 받았다.

직급 차이만 해도 4단계나 차이가 나는 미영의 이 돌발적인 행동은 수직적인 상하 관계를 가지고 있는 검찰에서는 말도 되지 않는 행동이다.

어떻게 보면 상급자인 그들을 믿지 못하겠다는 말과 다름이 없었기 때문이다.

그런 분위기를 읽었는지 미영은 급히 변명을 했다.

"총장님, 제보자에게 최초 메일을 받은 사람이 접니다. 그리고 전 김병두 의원과 벌써 몇 번이나 얽혀 그와 관련된 사건을 하지 않았습니까? 그러니 제 청을 들어주시기 바랍니다."

미영은 간절한 바람을 담아 이의석 총장에게 읍소했다.

그런 미영의 애원이 통했는지 이의석 총장은 한숨을 쉬며 이계진 고검장을 돌아보았다.

"자넨 어떻게 생각하나?"

비록 물어보는 말이었지만 소원을 들어주라는 말이었다.

어차피 밑에서 서포트를 해 줄 검사가 필요하기도 했으니 그녀를 수사팀에 들여도 하등 안 될 이유도 없었다.

"알겠습니다. 그런 제가 알아서 수사팀을 인선하겠습니다."

"알겠네! 잘하시기 바라네!"

이의석 총장은 그렇게 이계진 고검장에게 지시를 내리고 미영을 한 번 쳐다보고 밖으로 나갔다.

총장이 밖으로 나가자 이계진 고검장은 자리에 있는 몇몇 차장검사와 부장검사를 자신의 집무실로 불렀다.

이계진 고검장에게 불려 간, 이들이 바로 이번 사건을 수사할 수사팀에 합류할 사람들이었다.

한편 이계진 고검장의 부름을 받지 못한 검사들은 자리를 뜨면 모두 한 번식 미영의 얼굴을 쳐다보고 나갔는데, 하나같이 표정들이 좋지 못했다.

사실 국회의원을 상대로 그것도 여당 의원을 상대로 조사를 하는 것이 썩 좋은 것은 아니지만, 이렇게 증거가 뚜렷한 사건을 수사한다는 것은 그들의 경력에 큰 영향력을 행사한다.

즉, 하이 리스크 하이 리턴(High Risk High Return)
이란 소리였다.

건드리기 힘든 사건이지만 이처럼 증거가 확실해 승소할
확률이 높은 사건을 처리한다면 자신의 미래에 도움이 된다
는 말이었다.

그것이 성공을 하든 실패를 하든 어차피 중간에 합의가 있
겠지만 말이다.

그런데 그런 자리에 자신의 이름이 아닌 까마득한 후배인
황미영이 먼저 밥숟갈을 올렸으니 기분이 좋지 못한 것이
다.

◈　　◈　　◈

대한민국은 정계를 울리는 엄청난 사건으로 시끄러워졌
다.

여당 3선 의원이 연루된 비리 사건 때문이었다.

더욱이 그 의원은 얼마 전 톱 여배우와 스캔들로 한바탕
난리를 쳤던 사람이기에 더욱 그러했다.

원래 소문도 그리 좋지 못했던 인물인데, 그 소문이 사실
로 밝혀져 더욱 사람들을 경악하게 만들었다.

처음 신문이나 인터넷에 김병두 의원의 비리에 관해 조금
씩 퍼졌을 때만 해도 그의 지지자들은 그 말을 믿지 않았다.

믿지 않을 뿐만 아니라 누군가 그를 음해한다고까지 떠들었다.

그런데 뉴스가 나가고 나서 얼마 지나지 않아 검찰에서 조사 발표를 하면서 별로 관심도 없던 사람들까지 검찰의 움직임을 주시하게 되었다.

현역 의원에 대한 조사에 대해 사람들은 관심을 보이면서도 언제나 그렇듯 권력의 신하였던 검찰의 수사에 부정적인 반응들이었다.

일개 초선 의원도 아닌 여당의 실세 의원인 김병두를 조사하는 것인데 어련하겠냐는 반응들이었다.

그런데 최초 검찰의 발표가 있고 사람들의 시선이 바뀌었다.

권력의 신하였던 검찰이 이례적으로 그의 비리 혐의들을 입증하는 증거들을 하나둘 내놓았기 때문이다.

그런 검찰의 수사에 혹시나 하며 사람들의 관심이 더욱 높아만 갔다.

이계진 검사장은 수시로 연락이 오는 여당 의원들의 전화에 넌더리가 났다.

—이 고검장! 자네도 국회로 와야 하지 않나? 총재님도 약속을 했으니 언제 한 번 우리 저녁이라도 함께하지.

—계진이 나 진몬데! 술 한잔하지! 그런데 말이야!

—어이구! 이 고검장, 알고 보니 나하고 동문이더군! 아! 내가 누구냐고? 난 한국당 김진표 의원이네!

자신이 김병두 의원에 대한 고발장을 접수받고 수사의 담당 검사로 지정이 되었다는 말이 전해지자마자 김병두 의원이 소속된 한국당의 의원들에게서 쉼도 없이 연락이 왔다.

겉으로 보이는 이유는 그저 자신과 얼굴이나 보고 밥이나 한 번 먹자는 말이었는데, 속은 바로 이번 김병두 의원에 대한 조사 진행에 관해 이야기를 하자는 것이다.

만약 조사를 하던 중 한국당에 위해가 되는 증거가 나온다면 나중에 보답을 할 테니 그것을 눈감아 달라는 청탁을 하기 위해 자신을 찾았다.

하지만 이미 이번 김병두 의원 사건은 다른 사건과 달랐다.

마치 실에 묶인 마리오네트처럼 잘 짜인 판에 검찰이나 김병두 의원 모두 놀아나는 느낌을 받은 것이다.

이런 느낌이 들자 이계진 검사장은 다른 때와 다르게 주변의 어떠한 전화나 청탁도 받지 않았다.

이미 누군가 이번 사건을 주도하고 있다는 느낌이 아주 강하게 풍기고 있는데, 괜히 어설프게 외부 청탁을 받아들였다가 자신도 덤터기로 김병두 의원과 함께 휩쓸려 버릴 것 같았기 때문이다.

이계진 검사장은 21세기를 살아가는 현대인.

과학이란 것을 신봉하는 사람이란 소리다.

하지만 지금까지 그가 검사장의 자리에 오르기까지 순탄한 길만 걸었던 것은 아니다.

그에게도 이 자리까지 오르기 위해 몇 번의 위기가 있었다.

그때마다 증명할 수는 없지만 이런 이상한 기분이 한 번씩 느껴지곤 했었다.

이계진은 보이는 것이 아닌 자신의 육감을 믿고 행동을 했다.

그리고 그럴 때마다 마치 신기라도 있는 무당처럼 위기를 극복할 수 있었다.

아니, 극복하는 정도가 아니라 위기를 기회로 만들어 이 자리에 올랐다.

그러니 자신의 육감을 믿지 않을 수 없어서 이번에도 자신의 느낌을 믿고 외부에서 들어오는 모든 연락이나 청탁을 무시했다.

"이계진 고검장님! 여당 총재인 박한선 총재께서 연락하

셨습니다."

자료를 검토 중이던 이계진 검사장은 비서가 하는 말에 고개를 들다 인상을 쓰며 말했다.

"내가 외부 전화 받지 않는다고 했지 않나! 없다고 해!"

단호한 이계진 검사장의 호통에 비서는 찔끔해서 얼른 고개를 숙여 자신의 잘못을 고하고 문을 닫았다.

"죄송합니다."

탁!

문이 닫고 나가는 비소의 뒷모습을 보고는 답답한지 자리에서 일어나 창밖을 보았다.

'젠장! 지금 내가 잘하고 있는 것이겠지? 이번만 잘 극복한다면…….'

이계진은 지금 자신이 선택한 것이 맞는지 분간이 되지 않았다.

가끔씩 들던 자신의 느낌을 따라가고는 있지만 자꾸만 걸려오는 한국당 의원들의 전화에 마음이 흔들리고 있었다.

특히나 방금 전 한국당 총재의 연락이 왔다는 말에 그와 통화를 하면 다음 검찰총장의 자리는 물론이고, 총장의 자리에서 물러난 뒤에도 자신의 미래는 탄탄할 것이란 생각이 들기도 했지만 억지로 물렸다.

이런저런 생각에 젖어 있을 때, 그의 방문을 열고 들어오는 이가 있었다.

똑똑!

"검사장님, 들어가겠습니다."

그의 방문을 열고 들어온 이는 황미영 부부장검사였다.

"무슨 일인가?"

상념에서 깨어나 미영이 들어오는 것을 본 이계진이 물었다.

"새로운 자료가 들어왔습니다. 그리고 증인도 한 명 찾아왔습니다."

이계진은 새로운 증거 자료라는 말보다 증인이 나타났다는 말에 눈을 크게 떴다.

증인이 나타났다는 말에 자신의 생각이 옳았다는 것을 다시 한 번 깨달았다.

이번 사건은 누군가 뒤에서 조종을 하고 있는 것이 분명했다.

누가 무슨 목적으로 이번 일을 벌였는지는 모르겠지만 어쩌면 자신에게 큰 도움이 될 수도 있다는 판단을 내렸다.

'누군가 있다. 그리고 이번 사건은 아무리 김병두 의원의 집안이 막강한 파워를 가지고 있다고 해서 막을 수 있는 것이 아니다.'

확실한 증거와 증인을 확보하고 자신들이 누군가가 보내주는 자료를 자신들이 확인하는 도중 증인이 나타난 것만 봐도 이번 일을 꾸민 사람이 얼마나 치밀한 사람인지 알 수 있었다.

그것만 봐도 아마 김병두 의원 집안까지 다 조사를 하고 그에 대비를 해 두었을 것이 분명했다.

이런 생각까지 들자 이계진은 잠시 오한이 들었다.

뒷목을 타고 흘러가는 싸늘한 기운에 자신도 모르게 진저리를 쳤다.

한편 미영은 자신이 보고에 아무런 말도 없이 창백하게 변하는 상관의 모습에 고개를 갸웃거렸다.

❖　　❖　　❖

"아직도 연락이 안 되나?"

한국당 총재실, 정계를 떠나겠다며 작년 은퇴 선언을 했던 김한수가 오랜만에 당사를 찾아와 총재와 면담을 하고 있었다.

솔직히 말이 은퇴지 김한수는 아직도 알게 모르게 한국당 의원들과 간간히 모임을 가지며 친목을 다지고 있었다.

한국당 총재인 박한선도 사실 그의 집안에서 뒷돈을 대 키운 인재였다.

김한수의 아버지 대부터 그의 집안에서는 많은 인재들을 후원하고 키웠다.

그렇게 키워진 인재들은 정계나 재계에 진출해 김씨 집안의 비호를 받으며 승승장구하며 영역을 확대했다.

그렇게 큰 성공을 거둔 이들은 다시 김씨 집안의 힘이 되었다.

이렇게 큰 김씨 집안은 대한민국 안에 새로운 권력 집단이 되어 있었다.

중세 당파 싸움을 벌이던 권문귀족들처럼, 아니, 이제는 그 범위를 넘어 정계는 물론이고 재계와 학계까지 진출해 철옹성을 구축했다.

하지만 그런 김씨 집안도 한 번 흔들리기 시작하니 모래 위에 세운 집처럼 중심을 못 잡고 무너지기 시작했다.

3대인 김병두로 인해 그 윗대가 세운 위업이 한순간에 수포로 돌아갈 지경에 이르자, 물러나 있던 김한수까지 나와 수습을 해 보려 하지만 막을 도리가 없었다.

이미 김한수는 권력의 권좌에서 물러난 상태라 어떤 힘도 쓸 수 있는 위치에 있지 못했기 때문이다.

자신의 아버지 밑에서 함께 정치에 입문한 박한선 총재를 보며 다급한 목소리로 물어보지만 박한선에게 어떤 말도 듣지 못했다.

한편 김한수의 질문을 받은 박한선도 답답하긴 매한가지였다.

얼마 전까지만 해도 비록 일선에서 물러나긴 했지만 김씨 집안의 힘을 알기에 골프 모임에도 동행했었다.

그런데 이런 문제가 있고 보니 김한수를 만나는 것이 여간 껄끄러운 것이 아니다.

아니, 냉정하게 말해서 김씨 집안과 대면하고 싶은 생각이 없었다.

그런 박한선의 마음을 읽은 것인지 김한수의 표정이 다급해졌다.

부자가 망해도 3대는 간다고, 아직 자신이 권력에서 물러나고, 또 자신의 아들이 위기에 처해 있지만 이번 일만 극복하면 충분히 재기도 가능하다.

그만큼 숨겨 둔 재산이 엄청나니 이번 일로 김병두가 의원직을 상실한다고 해도 사건이 잠잠해질 때쯤 다시 출마를 하면 되는 것이다.

다만 이번 사건이 너무 커져 버리면 아들을 구하는 것이 힘들어진다.

벌써부터 자신들과 거리를 두려고 하는 이들이 수두룩한데 일을 진화하지 못하고 이대로 두었다가는 정말로 패가망신(敗家亡身) 정도가 아니라 폐가망신(廢家亡身)할 수도 있었다.

그렇기에 그것만은 막기 위해 이렇게 동분서주하는 것이 아닌가?

하지만 그것도 쉽지 않았다.

자신의 집안에 도움을 받은 이들도 이번 일만은 나서려 하지 않고 있기 때문이다.

마치 거대한 세력이 함정을 파고 자신의 집안을 개미지옥에 빠진 개미마냥 만들고 있는 것만 같았다.

'하! 어디서부터 잘못된 것이냐!'

김한수는 자신의 시선을 애써 외면하는 박한선을 보며 속으로 그렇게 한탄을 하고 있었다.

정말이지 탄탄대로만 같았던 자신의 집안이 손자를 시작해서 자신은 물론이고 아들까지……

손자는 병신이 되었고, 자신의 뒤를 이을 아들은 큰 사건에 휘말렸다.

정말이지 격세지감(隔世之感)이 느껴졌다.

작년 총선에 실패를 해 자리를 물러나기는 했지만, 그때도 이렇게까지 사람들의 인심이 변할지 몰랐다.

전에도 비슷한 시기가 있었기에 이번에도 그러리라 믿었다.

하지만 겨우 1년 만에 상황이 급변했다.

자신의 집안에 도움을 받았던 인맥들은 이제는 나 몰라라 하며 거리를 두고 있었다.

그나마 박한선 총재만이 아직까지 그러지 않았다.

그렇다고 그가 좋아서 그런 것이 아닌 자신의 사촌누이와 결혼을 한 사이기 때문에 눈치가 보여 말을 못하고 있다는 것을 너무도 잘 알고 있다.

"좀 더 신경 써 주기 바라네!"

"알겠네. 나도 힘닿는 데까지 노력은 해 보겠지만, 이번에 나온 증거들이 너무 심해서 당이나 검찰들도 야당이나 국민들의 시선을 신경 쓰지 않을 수가 없네."

"그건 나도 잘 알고 있네, 그러니 이렇게 부탁을 하는 것 아닌가?"

"그런데 어쩌자고 그런 증거를 남긴 것인가?"

박한선은 이야기를 하면서도 검찰에 넘어간 증거 때문에 이러지도 저러지도 못하고 김한수에게 타박을 했다.

한때 자신을 열등감에 쌓이게 했던 김한수가 자식의 문제 때문에 저렇게 정신을 차리지 못하고 있는 모습을 보니 마음 한편으로는 김한수보다 우월한 것이 있다는 것에 기분이 좋아졌다.

비록 김병두 의원의 일 때문에 당 분위기가 좋지 않지만 그래도 개인적으로 좋은 것은 좋은 것이다.

언제나 제 잘난 듯 고개를 들고 다니던 김한수의 고개 숙인 모습을 본다는 것은 박한선에게 알지 못할 카타르시스를 선사하고 있었다.

◆　　◆　　◆

김병두 스캔들은 사회에 파장을 일으킨 많은 사람들의 관심을 받으며 재판이 진행이 되었다.

국민의 관심이 지대해서 그런지 재판이 진행되는 것을 TV에서 생중계를 할 정도로 사람들의 관심이 대거 몰렸다.

"지금부터 사건 번호…… 폭력 교사 및 다수의 뇌물 수수 등에 관한 법률 위반에 대한 재판을 진행하겠습니다. 먼저 담당 판사님은……."

사회자의 진행으로 재판이 시작되었다.

이번 사건의 담당 판사의 소개 등이 끝나고 검사의 변론이 시작되었다.

"존경하는 재판장님! 먼저 저희 검사는 이번 피고의 범죄를 조사하면서 그동안 저희가 몰랐던 피고의 이중성을 확인했습니다."

이례적으로 고검장의 자리에 있는 이계진 검사장이 검사의 자리하고 있었으며, 그뿐 아니라 피고가 된 김병두 의원을 상대로 오래전 그만두었던 현장에서의 피고에 대한 심문을 하였다.

원래라면 그 밑에 있는 차장검사나 부장검사가 나와 진행을 했어야 할 일이지만 이례적으로 그가 직접 나선 것이다.

그만큼 이번 재판이 중요했다.

특히나 뭔가 촉이 발달한 이계진은 이번 재판만 잘 진행을 한다면 자신이 검찰청장에 오르는 것이 꿈만은 아닐 것이란 판단을 내리고 적극 임하고 있었다.

그렇기에 외부에서 들어오는 청탁은 물론이고 자신의 동기나 동문에서 오는 연락도 끊고 사건 조사에 집중했다.

그리고 그것을 유감없이 이번 재판에 쏟아 내고 있었다.

사건 접수에서부터 증거 확보, 그리고 증인으로 나선 전직 폭력배까지, 모든 준비가 완벽하게 갖춰진 상태이기에 상어 떼가 피 흘리는 먹이를 물어뜯듯 무자비하게 피고석에 있는 김병두를 씹었다.

폭풍처럼 몰아치는 그의 언변에 방청석과 TV앞에 모여 이번 재판을 지켜보는 청취자들은 그의 모습은 매료되고 말았다.

그동안 권력자들의 비리에 관한 재판을 보았지만 지금처럼 속 시원하게 몰아붙이는 이들이 없었는데, 이계진 검사장이 피고를 몰아치는 것에 대리만족을 느끼듯 흥미진진한 눈으로 그의 행보를 지켜보았다.

재판이 열리고 있는 방청석 구석에 성환도 자리해서 김병두의 재판을 지켜보았다.

성환의 눈은 다른 것을 보는 것이 아닌 고개 숙인 김병두의 뒤 모습만 지켜보았다.

고소장이 접수되고 검찰에 조사를 받을 때만 해도 그는 당당했고, 또 자신들을 조사하기 위해 영장을 가지고 출두한 검사들에게 호통을 치며 격렬하게 반항을 했었다.

하지만 지금은 전혀 그런 모습을 보이고 있지 않았다.

언뜻 보이는 그의 얼굴에는 이미 삶을 포기한 패배자의 얼굴만 가득했다.

그런데 자세히 보니 그것도 아니었다.

보기에는 모든 것을 포기한 듯 또는 자신의 죄를 뒤늦게 반성을 하는 것처럼 보이지만 그의 눈동자는 그것이 아니란 것을 여실히 보여 주고 있었다.

만약 성환이 그냥 겉으로 보이는 모습만 봤더라면 다른 사람들처럼 속아 넘어갔을 수도 있을 것이다.

하지만 그의 눈은 보통 사람의 능력을 한참이나 벗어나 있었다.

몽골 초원의 유목민의 시력이 평균 4.0이라고 하고 또 아주 좋은 사람은 7.0이라고도 한다.

하지만 성환은 시력은 그런 이들을 한참이나 초월했다.

지금 성환은 20M나 떨어져 있는 김병두의 목에 있는 혈관이 맥동하는 것도 볼 수 있을 정도로 시력이 뛰어나다.

그런 성환의 눈에 김병두의 눈은 자포자기를 한 사람의 눈이 아닌 이 순간에도 어떻게 하면 위기를 모면할 것인지 교활하게 머리를 굴리고 있는 사기꾼의 눈이었다.

그저 고개를 숙이고 있기에 사람들은 그의 눈동자가 열심히 주변을 살피며 움직이고 있다는 것을 보지 못하는 것뿐이다.

김병두의 상태를 확인한 성환은 그런 겸병두의 모습에 안도의 한숨을 쉬었다.

'그렇지, 그래야지! 네가 그렇게 쉽게 포기할 인간이 아니란 것을 알려 줘 고맙다.'

성환은 김병두의 모습에서 그가 아직 희망을 포기하지 않았다는 것을 알 수 있었다.

사람이 가장 힘들 때, 모든 포기하고 싶을 때는 희망이 없을 때가 아니다.

인간이 자신을 포기하게 될 때는 바로 힘든 상황에서 그 상황을 벗어날 희망을 빛줄기를 하나 발견해 그것을 붙잡고 일어나려 할 때, 그것이 희망이 아니라 절망의 구렁텅이로 들어가는 길이란 것을 알았을 때, 비로소 자신의 현실이 지옥임을 깨닫게 되는 것이다.

성환이 생각하기에 김병두는 아직 자신의 아버지와 그의 집안이 그동안 쌓아 온 역량을 믿는 것 같았다.

하지만 성환은 김병두가 그런 희망을 가지고 있는 것을 그냥 놔둘 사람이 아니다.

조만간 그가 붙들고 있는 것이 썩은 동아줄이었다는 알려줄 참이다.

동화 해와 달에 나오는 호랑이가 붙잡고 하늘로 올라가려다 수수밭에 떨어질 수밖에 없었던 그것 말이다.

그 썩은 밧줄을 준비하기 위해서는 준비할 것이 있었다.

김병두에게 씌울 마지막 올가미를 준비하기 위해 성환은 아직 재판이 끝나지 않았지만 자리에서 일어나 밖으로 나갔다.

4.

김병두의 탈옥

김명철은 누군가의 전화를 받고 급히 사무실을 나섰다.

현재 김명철은 무척이나 불안한 상황이다.

그동안 김병두 의원을 보좌하면서 그가 각종 비리를 저지르는 것에 관여를 했었기 때문이다.

물론 모든 것이 김병두 의원이 시켜서 한 일이지만 만약 재판에서 김병두 의원이 그것을 위증하고, 자신은 모른다고 하면 모든 것은 자신이 뒤집어쓸 수도 있었다.

그리고 김병두 의원의 아버지 김한수 전 의원은 은밀히 자신을 찾아와 그런 제안을 하기도 했다.

아들이 벌인 짓을 대신 총대를 메고 감옥에 갔다 오면 충분히 보상을 해 주겠다는 말이었다.

하지만 몇 년 전이라면 그럴 수 있었을지 모르지만 지금은 아니었다.

자신이 판단하기에 김한수 전 의원에게는 그런 힘이 없었다.

아니, 예전만 못하더라도 김한수 전의원의 사돈이나 그의 집안이 이룩한 인맥을 이용한다면 어쩌면 가능할 수도 있을지 모르지만, 지금은 아무리 생각해도 그럴 만한 힘이 그에게 남아 있지 않은 것으로 판단되었다.

그러니 일개 보좌관인 자신에게 대신 죄를 뒤집어쓰라는 말을 종용하는 것이지 않겠는가?

아니 그런가?

힘이 있는데 굳이 다른 사람에게 대신 감옥에 가라고 할 필요 없이 대법관인 사돈에게 부탁을 해도 되고, 여당 총재인 친구에게 부탁을 해도 된다.

그런데 그렇게 하지 않는 것은 승산이 없기 때문이다.

더욱이 자신이 판단하기에 이번 재판에 접수된 고발장의 내용을 보면 김병두 의원이 살아서 사회에 나올 수는 없을 것이다.

그냥 뇌물 수수 정도가 아니라 폭행 사주는 물론, 살인 교사까지 드러났기 때문이다.

사실 그것만 아니라면 어떻게 해 볼 수도 있었을 것이다.

그런데 뒤늦게 살인 교사와 시체 유기를 명한 것을 증언하는 증인이 나타났다.

이 때문에 대법관인 김병두의 장인도 그가 속했던 한국당 총재도 모두 손을 놔 버렸다.

괜히 나섰다가는 자신들까지 위험해질 수 있었기 때문이다.

그런데 더욱 가관인 건, 그 희생자가 한때 국민들의 선풍적인 인기를 끌었던 인기 정치인이라는 사실.

한국의 케X디로 불릴 정도로 정치 감각은 물론이고, 언론을 잘 이용해 자신을 포장할 줄 아는 사람이었다.

사람들은 그가 어느 정도 연륜이 쌓이면 대한민국의 대통령으로서 결코 부족하지 않을 것이라며 입을 모았었다.

하지만 어느 날 갑자기 그런 사람이 연기처럼 사라졌다.

밤늦게까지 열정적으로 일을 하며 지역구민들의 민원을 해결하기 위해 일하던 사람이 실종이 되었다.

그런데 결론적으로 그 사람의 실종이 바로 김병두 의원이 시킨 일이고, 그 일을 직접 했다는 사람이 5년 만에 자수를 했다.

자수를 한 사람은 재판장에 나와 병신이 된 자신을 그가 상대해 주지 않아 화가 나서 자수를 했다는 어처구니없는 말을 했다.

그도 그럴 것이 자수를 한 사람은 자신이 한때 강남의 조직에 몸담고 있었고, 또 10명 정도의 부하를 가지고 있었다고도 증언을 했다.

그런 그가 김병두 의원의 부탁을 받고 일을 처리해 주었다는 것이다.

그의 증언에 변호사가 반박을 했지만, 그 사람은 자신이 그런 의뢰를 받아들일 수밖에 없었던 이유도 설명을 했다.

그건 김병두 의원의 아버지 김한수 의원이 거느린 사람 중 한 명이 바로 자신의 보스였다는 말을 하는 바람에 재판장이 한때 혼란스러워 휴정을 했을 정도였다.

알게 모르게 그런 소문이 있기도 했었는데, 정말로 김한수 전 의원이 조폭 두목을 밑에 두고 있었다는 소문이 사실로 밝혀지자 경악을 하지 않을 수 없었다.

아무튼 자신은 그렇기 때문에 김한수 의원의 후계자인 김병두 의원이 부탁하는 것을 거절할 입장이 아니었다는 것이다.

그리고 그때 김병두 의원으로부터 수고비라고 받은 돈의 입금 출처도 함께 밝혔다.

그런데 웃기는 것은 수고비라고 김병두 의원이 준 것이 수표였다는 것이다.

김명철이 생각해도 너무 어이없는 짓이었다.

나중에라도 자신에게 불리한 증거가 될 만한 행동을 버젓이 저지른 것이다.

어떻게 자신의 목줄을 죌 올가미를 깡패의 손에 쥐어 줄 수가 있는 것인지 아무리 생각해도 상식적으로 납득이 되지 않았다.

김명철은 이런 인간을 자신이 그동안 보좌를 했었다는 것이 어이가 없었다.

설마 전임 보좌관이 그런 이유에서 보좌관 일을 그만두었다는 것을 뒤늦게 깨달았다.

언젠가는 사단이 일어날 것을 알기에 미리 발을 뺀 것이리라.

이러한 사실을 알게 된 김명철은 김한수 전 의원의 부탁을 단호히 거절했다.

하지만 그렇다고 마음이 편한 것은 아니다.

김병두가 벌인 일 중 자신도 상당 부분 관여를 하였기 때문이다.

그렇게 불안에 떨던 그에게 의문의 남자가 연락을 해 왔다.

김한수 전 의원의 제안을 거절한 바로 직후였기에 무척이나 놀랬다.

혹시 그가 어떤 경고를 하기 위해 다시 연락을 한 줄 알았다.

그런데 그건 아닌 듯했다.

전화를 건 사람의 목소리가 무척이나 젊었기 때문이다.

그리고 전화기 너머로 그가 자신이 살 방도가 있는데, 들어 보겠냐는 제안을 해 와 한참을 고민했다.

하지만 언제까지 불안에 떨며 검찰이 자신을 잡으러 올 때를 기다릴 수는 없었다.

그래서 의문의 남자의 제안을 받아들여 그의 이야기를 듣기 위해 이렇게 그가 지정하는 장소로 나왔다.

◈　　◈　　◈

경기도의 한 별장, 김상수는 자신을 추적하던 만수파의 추적을 따돌리고자 시도를 한 습격을 하고 잠수를 하였다.

철성파의 두목인 동생을 끌어들이고 그것도 불안해 잘 알고 있던 야쿠자의 히트맨까지 고용을 해 습격을 했는데, 하필 그때가 서울에 있는 조직 폭력배 두목들의 회합하는 장소였을 줄은 그도 예상하지 못했다.

언제 서울의 조직들이 그런 단합이 되었는지는 모르지만 아무튼 그 때문에 자신을 추적하던 만수파의 두목을 처리하려던 것이 실패로 돌아갔다.

비록 실패는 했지만 아주 실패한 것은 아니고, 상당한 피해를 줘 자신을 추적하는 것을 어느 정도 늦췄다.

하지만 언제까지 이렇게 이곳에 숨어 있을 수는 없었다.

비록 이곳이 개인 소유의 별장이라고 하나, 만수파의 추적은 집요했기에 이도 시간이 흐를수록 언제 밝혀질지 모른다.

그런데 자신에게 별장을 안가로 사용하라고 했던 이세건 사장에게서 연락이 왔다.

더군다나 그냥 일도 아니고 감옥에 있는 누군가를 빼내야 한다는 말에 심장이 덜컥 내려앉았다.

자신도 지금 만수파의 추적 때문에 숨어 있는 처지인데, 경찰에 잡혀 있는 사람을 경찰의 손에서 빼내라는 말에 어이가 없었다.

하지만 이 부탁을 안 들어줄 수도 없게 되었다.

만약 그 부탁을 들어주면 자신도 일본으로 밀항하는 것에 도움을 주겠다는 말을 들었기 때문이다.

솔직히 지금이라도 자신도 몰래 한국을 빠져나가 일본으로 밀항할 방법이 없는 것은 아니다.

그렇지만 그런 시도를 하지 않는 것은 자신이 벌인 일 때문에 서울의 모든 조직이 자신을 추적하고 있기 때문이다.

더군다나 자신뿐 아니라 자신의 일을 도운 동생과 칠성파 조직원, 그리고 일본에서 온 히트맨까지 추적을 하고 있어 그들 몰래 일본으로 밀항을 한다는 것은 사실상 불가능했다.

혼자라면 어떻게 해 보겠지만 인원이 20명이나 되는 관계로 밀항을 하겠다는 생각은 예전에 포기하고 이렇게 숨어 있었는데, 이세건 사장이 자신의 부탁만 들어주면 모두 무사히 일본으로 보내 준다는 말에 한참을 심사숙고해 의뢰를 받아들였다.

그리고 조금 전 자신들이 구치소에서 빼내야 할 사람의 신분을 알게 되었다.

한때 나는 새도 떨어뜨렸던 김씨 집안의 차기 수장인 김병두 의원이 구치소에 있으니 그를 빼내야 한다는 소리에 김상수는 깜짝 놀랐다.

괜히 사람들의 시선에 들어서 좋을 것이 없는 자신과 일행이기에 별장에 숨어 외부와 접촉을 전혀 하지 않았는데, 자신이 이곳으로 숨어든 뒤 무슨 일이 벌어졌는지, 국회의원, 그것도 여당의 3선 의원인 김병두가 검찰에 소환을 받아 조사를 받고 집에 구금도 아닌 구치소에 영치되어 있다는 것이 믿기지 않았다.

그래서 그동안 보지 않던 TV까지 켜며 뉴스를 보았다.

TV모니터에서는 오늘 낮에 있었다던 김병두 의원의 재판이 재방송되고 있었다.

그런데 모니터를 보던 김상수의 눈이 커졌다.

한순간 재판장을 비추던 화면이 재판장 내부를 돌며 방청객 쪽을 잠깐 비추고 지나가는 그때, 그의 눈에 한 사람의 모습이 눈에 띄었다.

승승장구하던 자신이 이렇게 비참한 신세가 되게 만든 인물이 잠깐 보였던 것이다.

'정성환! 정성환! 거기 있었구나!'

성환의 모습을 본 김상수는 원독이 가득한 눈빛으로 성환을 비춘 화면만 뚫어지게 쳐다보았다.

그런 형의 모습을 본 김인수는 형에게 물었다.

"무슨 일인데 화면을 그리 잡아먹을 듯 쳐다보는 거요?"

요 근래 뭘 해도 반응이 없던 자신의 형이 무엇 때문에 저렇게 강렬한 반응을 보이는 것인지 너무도 궁금했다.

그렇지만 김상수는 자신만의 생각에 빠져 아무런 대답을 하지 않았다.

그런 김상수의 모습에 김인수도 고개만 살짝 갸우뚱 하고는 응접실 한쪽에 있는 BAR테이블로 가 글라스에 술을 따라 마셨다.

"크으! 역시 술은 좋은 것을 마셔야 해!"

BAR테이블 한쪽에 마련되어 있는 장식장에는 고급 양주들이 가지런히 자리하고 있었는데, 김인수는 그 양주들 중 평소 자신이 보지 못한 고급 양주들이 있어 입맛에 맞는 것 하나를 골라 마셨다.

비록 형에게 이곳 별장의 주인에 관해 듣기는 했지만 오래전 그런 기억은 잊혀진 지 오래였고, 그저 부산에서 했던 그대로 마치 자신의 집에서 자신의 것을 마시는 것처럼 자연스러웠다.

하지만 그런 동생의 모습에 김상수는 어떤 말도 하지 않았다.

김인수의 성격을 너무도 잘 알고 있기에 그냥 그러려니 하고 있었다.

어차피 자신이 이리된 것도 모두 이 별장의 주인의 부탁을 들어주기 위해 일을 하다 이리된 것 아닌가?

그러니 이런 정도의 손해는 이세건 사장도 감수를 해야 할 부분이라 생각하였다.

20명이나 되는 사람을 자신의 별장에 들인 것으로 그는 그 안에 있는 모든 것을 허락했다 생각하며 깊게 생각하지 않았다.

"인수야! 잠시 와 봐라!"

형의 부름에 술을 마시고 있던 김인수는 고개를 돌려 형을 쳐다보다 마시던 술병을 그대로 들고 김인수의 곁으로 걸어갔다.

그런 동생의 모습을 말없이 쳐다보다 입을 열었다.

"집주인이 일 한 가지 해 달라는 부탁을 해 왔다."

"일? 무슨 일인데?"

김인수는 별장 주인이 부탁을 해 왔다는 말에 술을 한 모금 마시며 물었다.

그런 동생의 물음에 김상수는 별거 아니란 투로 대답을 했다.

"구치소에 있는 사람 하나를 빼내야 한다."

"뭐? 다시 한 번 말해 봐!"

바로 앞에서 들었으면서 다시 물어 오는 인수의 질문에 성환의 모습 때문에 짜증이 나 있던 상수의 말은 곱지 못했다.

하지만 지금 가용할 수 있는 인원은 자신의 부하가 아닌 인수의 부하고, 그가 고용한 야쿠자들뿐이었다.

억지로 흥분을 가라앉히며 다시 한 번 말을 했다.

"구치소에서 사람 한 명 빼내야 한다고."

그런 형의 기분도 모르고 김인수는 인상을 썼다.

"그러다 우리 애들 잘못되면 어떻게 해!"

"인마! 지금 애들 걱정할 때인 줄 알아?! 그날 우리가 건들인 놈들이 지금 어떻게 하고 있는 줄이나 알고 네가 그따위 소리나 하고 있을래?"

아직도 상황을 분간하지 못하는 동생의 모습에 급기야 고함을 치며 말을 했다.

그런 상수의 모습에 김인수는 들고 있던 술병과 잔을 내려놓고 물었다.

"참! 그게 궁금했어! 그날 안에 있던 놈들 도대체 누구야? 누군데 형이 그렇게 벌벌 떠는 거야?"

아직까지 자신이 누굴 건드렸는지 상상도 못하는 김인수는 무식하면 용감하다고, 자신이 건들인 사람들이 바로 서울의 밤을 장악한 조직의 두목들이었다는 것을 모르고 있었다.

"어차피 알아봐야 도움도 되지 않는 그건 신경 쓰지 말고, 이번 일만 해 주면 우리 모두 안전하게 일본으로 보내 준다고 했으니 그리 알고."

김상수가 넌 알 것 없다는 식으로 말을 하자 김인수도 참지 못하고 소리쳤다.

예전이야 자신의 형이고 또 자신이 부산 조직의 우두머리로 만들어 주었으니 참았지만 지금은 아니다.

아무리 친형이라도 이건 위신 문제였다.

"상수 형! 지금 말은 좀 듣기가 좀 거북하네! 내가 몰라도 된다니? 그게 말이야, 막걸리야!"

와장창!

술도 들어갔겠다, 정신이 알딸딸한 상태에서 자신을 무시하는 듯한 말을 듣자 참지 못하고 테이블을 쓸어버렸다.

그 때문에 그 위에 올려 둔 술병과 술잔이 날아가 바닥에 부딪쳐 요란한 소리를 내며 깨졌다.

그 소리에 방에 있던 사람들과 밖에 있던 사람들이 김상수와 김인수가 있는 응접실로 왔다.

하지만 예전 보스와 현 보스가 있는 곳이기에 조용히 뒤로 물러났다.

한편 동생의 그런 모습에 한숨을 쉬며 말했다.

"그렇게 알고 싶냐?"

"말해!"

"좋아! 그럼 그날 있던 자들이 누군지 들려주지."

밖으로 나가려던 이들도 김상수의 말이 들려오자 나가던 발걸음을 멈추고 그의 말에 귀를 기울였다.

"네가 의뢰한 자가 누군지는 너도 알고 있으니 그는 빼고, 그 자리에 있던 자들의 정체만 들려주지."

김상수는 말을 하려다 속이 타는지 장식장에 있는 술병 중 아무거나 들고 입에 들이부었다.

마치 갈증이나 물을 마시는 모습이었지만 양주는 양주인 듯 무척이나 독했다.

"큭!"

짧게 신음을 흘린 김상수는 동생을 보며 말을 했다.

"그자들은 서울에 산재한 조직들의 두목들이다."

김상수의 말을 들은 김인수나 밖으로 나가려던 칠성파 조직원들은 처음 김상수의 말을 듣고 반응을 보이지 않았다.

너무도 엄청난 소리라 자신이 잘못 들은 것은 아닌지, 현실감 있게 들리지 않았기 때문이다.

"다, 다시 한 번만 말해 봐! 누구라고?"

서울에 있는 조직들의 두목이라는 소리에 김인수는 조금 전 마신 술이 확 깨는 느낌을 받고 다시 물었다.

그리고 다시 들려온 말은 자신이 잘못 듣지 않았다는 것을 알려 주었다.

"못 들었어? 다시 들려줘? 그 자리에 있던 자들은 모두 서울에 있는 조직들의 두목이라고."

"아, 이 씨팔!"

김인수는 다시 들려오는 형의 말에 욕이 절로 나왔다.

아니 그러겠는가? 그냥 서울에 있는 조직의 두목도 아니고 그 자리에 있던 대부분이 서울에 있는 대조직의 두목들이라니 일이 커도 너무 컸다.

자신이 아무리 부산을 지배하고 있다고 해도 서울의 큰 조직을 상대하는 것은 여간 버거운 것이 아니다.

그런데 그런 조직도 아니고 이젠 앞으로 자신은 서울에 있는 모든 조직들을 상대해야만 한다.

그 말은 한마디로 자신은 병원에서 말기 암 판정을 받은 시한부 인생의 환자와 하나도 다르지 않았다.

언제 죽을지 몰라 전전긍긍하며 살아야만 했다.

그리고 그건 김인수만이 아닌 그날 습격을 한 칠성파 조직원 전부 같은 운명이었다.

"형이 날 속인 거야!"

급기야 눈이 붉게 충혈 된 김인수는 눈을 번뜩이며 고개를 돌려 자신의 형을 쳐다보았다.

"그건 나도 몰랐다. 지금 너만 황당한 것이 아닌 나도 똑같아! 그러니 살아나려면 어떻게든 이번 의뢰를 성공해야 한다."

김상수는 이젠 무조건 의뢰를 성공해야 한다는 것을 역설했다.

"그게 가능하다고 봐?! 우리가 그 사람을 빼낸다고 해도 어떻게 서울을 지배하는 그자들의 추적을 벗어난다는 말이야!"

말도 되지 않는다는 듯 김인수가 고함을 치자 김상수는 자신들이 구해야 할 사람의 정체를 들려주었다.

"잘 들어, 우리가 구치소에서 빼내야 할 사람은 바로 여당 의원인 김병두 의원이다."

"……?"

뜬금없이 국회의원을 구치소에서 빼내야 한다는 말에 눈을 동그랗게 뜨고 자신을 보는 동생의 모습에 김상수는 조금 전 자신이 본 것을 들려주었다.

"아마도 뭔가 잘못되 김병두 의원이 재판을 받고 있나 보더라, 그래서 김한수 어르신이 서양건설의 이세건 사장에게 부탁을 했나 보더라."

자신이 상상하던 것보다 일이 점점 커짐을 느낀 김인수는 자신도 모르게 마른침을 삼켰다.

"꿀꺽!"

"조금 전에도 말했듯, 우린 이젠 평생 조직의 추적을 받게 되었다. 하지만 일본으로 들어가면 그런 것도 걱정할 필요가 없다. 이번 일은 아마도 김병두 의원의 집안에서 나선 것이니 우리가 제대로만 일을 하면 약속대로 일본으로 보내 주는 것은 물론이고, 아마도 일본에 기반을 만들 정도의 자금도 넉넉히 받을 수 있을 것 같다."

장황하게 설명하는 형의 말을 곱씹던 김인수는 어차피 선택의 여지가 없음을 알았다.

어이없게도 자신들이 습격한 곳에 그런 거물들이 모두 모여 있었을 것이라고는 생각지도 못했다.

그래서 그런 난리를 쳤는데, 앞으로 전국에 있는 모든 조직들이 부산으로 몰려들 것이다.

그만큼 서울을 지배하는 두목들의 영향력이 막강하기 때문에 자신들을 건들인 자신은 물론이고 부하들까지 무사하지 못할 것이 분명했다.

이런저런 생각을 하던 김인수는 형의 말대로 자신들은 선택의 여지가 없다는 것을 알았다.

그리고 살고 싶으면 어떻게든 김병두 의원을 구치소에서 빼내야만 했다.

뿐만 아니라 이야기를 듣다 보니 아마도 김병두 의원과 자신들은 함께 일본으로 가게 될 것이 분명했다.

그리고 평생 그의 곁에서 보호하고 또 그가 주는 돈으로 세력을 꾸려야 할 것이다.

결국 할 수밖에 없다는 것을 알게 된 김인수는 적극적으로 임하기로 했다.

괜히 미적거리다 시기를 놓치면 죽도 밥도 되지 않는다는 것을 잘 알기 때문이다.

동생의 표정을 살피던 김상수는 동생도 결심이 선 것을 느끼고 이세건 사장에게 연락을 했다.

의뢰를 받아들이겠다고 말이다.

그리고 김병두 의원을 빼낸 다음 이동할 수단이나 일본으로 밀항을 할 루트 등을 자세히 의논을 했다.

◈   ◈   ◈

새벽 2시.

많은 사람들이 잠에 취해 있을 시간 그렇지 못하는 사람이 있었다.

'제길, 언제 오는 거야!'

김병두는 자신의 감방 안에서 초조하게 시간이 흐르기를 기다리고 있었다.

그동안 몇 차례 재판을 치르기 위해 재판에 참석을 했는데, 돌아가는 분위기를 봐서는 절대 그냥 풀려날 기미가 보이지 않았다.

그래서 자신의 아버지에게 어떻게든 이곳에서 빼 달라는 부탁을 했다.

그리고 그제 아버지에게 확답을 받았다.

어차피 이 나라에 그리 애착이 있는 것도 아니다.

원래 이러려고 준비한 것은 아니지만 또 다른 신분증을 준비해 두었다.

일본국적의 사업가 신분증하고, 미국국적의 신분증을 진즉부터 가지고 있었다.

혹시나 불미스런 일이 있을 때, 외국에 나가 신분을 숨기기 위해 준비를 했었다.

만약 그런 것을 준비하지 않았다면 결코 그런 생각도 못했을 것이다.

아무튼 조금 뒤면 자신을 빼내기 위해 사람들이 올 것이란 것을 알고 있는 김병두는 지금 두근거리는 가슴 때문에 잠을 잘 수가 없어 초조하게 기다리고 있다.

그런데 이때 저 멀리서 누군가 걸어오는 발자국 소리가 들려왔다.

한두 명도 아니고, 여러 명이 걸어오는 소리가 들렸기에 귀를 쫑긋 세우고 발자국 소리를 듣고 있었다.

◈　　　◈　　　◈

안양 교도소에서 1km정도 떨어진 비탈길 한쪽에 검정색 승합차가 대기를 하고 있었다.

그 안에는 불도 켜지 않아 흐릿한 그림자로만 보이는 사람들이 뭔가 의논을 하고 있었다.

"다케다 상! 다케다 상께서는 여기 갈치랑 꽁치와 동행해 김병두 의원을 좀 빼내 와 주십시오."

김상수는 자신이 초청했던 일본인 히트맨 다케다에게 칠성파 조직원 둘과 함께 교도소에 들어가 김병두를 빼내 달라는 말을 했다.

이는 그가 일본의 닌자(忍者) 무술을 수련한 고수란 것을 알기에 이 시각 교도소 외각을 경비하는 교도관들을 조용히 처리할 수 있기 때문이다.

괜히 억지로 탈옥을 시키기보다는 수면제를 이용해 자연스럽게 잠을 재우면 자신들이 빼돌린 김병두 의원을 추적하는 시간이 늦어질 것이기에 다케다에게 부탁을 했다.

다케다 또한 김상수의 계획을 듣고 그의 말이 타당하다 생각되 나서기로 했다.

"요시(よし)!"

한국말을 할 줄 아는 것은 아니지만, 알아듣기에 간단하게 대답을 하고 김상수가 준비한 약품을 품에 챙기고 밖으로 나왔다.

이곳에 오기 전 미리 이야기를 마쳤기에 방금 전 한 이야기는 혹시라도 잊어버렸을지 모를 계획에 대한 순서를 다시 한 번 상기시키기 위해 말한 것뿐이고, 이미 별장을 출발하기 전 모든 계획을 사람들에게 숙지시켰다.

김병두를 교도소 밖으로 빼낸 다음 이들은 군산으로 내려가기로 되어 있다.

그리고 군산에 도착을 하면 미리 준비된 위조 신분증을 가지고 배를 타고 일본으로 가기로 계획되었다.

사실 일본으로 가려면 군산항보다는 부산이 훨씬 좋다.

하지만 김상수가 굳이 출발지를 군산으로 잡은 것은 부산은 국제항이란 명성 때문에 검문검색이 철저하고 또 곳곳에 CCTV가 설치되어 있어 혹시라도 김병두의 얼굴이 알려질 수도 있기 때문에 그것을 피한 것이다.

그러다 보니 또 다른 곳이 필요했는데, 그곳이 바로 군산항이었다.

군산항에서 일본의 대마도로 출발하는 낚시 배가 있다.

새벽 4시에 출발하는 낚시 배를 수배해 놓은 상태이니 교도소에 침투해 김병두를 빼내기까지 최대 30분밖에 시간의 여유가 없었다.

그나마 다행이라면 교도소 입구의 교도관들은 사전에 뇌물을 먹여 놓은 상태라 그곳에서의 시간 낭비를 없을 것이다.

하지만 건물 내부는 달랐다.

수시로 바뀌는 교도관들이 순찰을 도는 것 때문에 사전에 손을 쓸 수가 없었다.

그러니 교도소 내로 침투해서는 김병두를 빼내기 전 그들을 먼저 재워야 했다.

그러기 위해서 김상수는 김한수 전의원을 통해 교토소의 설계도와 배치도를 미리 받아 안에 침투할 사람들에게 미리 숙지시켰다.

"형님! 그럼 다녀오겠습니다."

"알았다. 입구 경비와 약속이 되어 있으니 암구호는 숙지

하고 있지?"

"물론입니다. 번개탄 아닙니까?"

"그래, 잘 기억하고 있군!"

김상수는 교도소 안으로 침투할 부하 중 한 명이 아직 암구호 기억하고 있는 것을 보고 고개를 끄덕였다.

"모두 일을 끝날 때까지 긴장을 늦추지 말고, 이번 일을 마치고 우린 당분간 일본에 들어가 조용해질 때까지 잠수를 탄다. 알겠나?"

며칠 자신들을 추적하는 조폭들을 피해 있다 보니 어느 사이 칠성파의 조직원들은 예전 두목인 김상수의 카리스마에 눌려 현재 두목인 김인수보다 그를 더 따르고 있었다.

김인수는 내심 그것이 불만이긴 하지만 현재 자신이 할 수 있는 일이 없었다.

사건 수습이나 대책을 세우는 것에 약한 그는 그동안 별장에 숨어 있으면서 불안해하는 부하들을 다독이는 형의 모습에서 자신의 한계를 느꼈다.

싸움이야 한 살이라도 젊고 또 현역에 있던 자신이 형보다 잘할지 모르지만 대기업의 간부로 있으면서 온갖 상황을 처리하면서 두뇌 싸움을 하던 형보다 못하다는 것을 알고 있다.

이미 주도권은 자신을 떠났다.

별장을 출발하기 전 부하들의 눈빛에서 자신이 아닌 형을 따르는 것을 보았기 때문이다.

그래서 자신의 부하들에게 명령을 하는 것도 묵인했다.

어차피 자신이 그것에 대해 뭐라고 하든 이미 대세는 기울었다.

이런 생각을 하자 괜히 형의 의뢰를 받아들였다는 생각도 들었다.

그냥 안면 몰수를 했더라면 이렇게 쫓기지도 않고, 또 부산에서 아직도 떵떵거리며 행세하고 있었을 것인데, 이른 새벽에 일어나 쥐새끼처럼 어둠 속을 돌아다녀야 하는 것이 영 못마땅하면서 후회가 되었다.

하지만 이미 현실은 되돌릴 수 없었다.

자신이 선택을 했으니 책임도 자신이 져야 하는 것이었다.

조용히 형이 부하들에게 명령을 하는 것을 지켜보며 그냥 두 눈을 감아 버렸다.

포기하면 편한 것이니 괜히 봐서 속만 쓰릴 뿐인 것을 굳이 볼 필요는 없으리라.

◈　　◈　　◈

"김 의원님, 일어나십시오."

꽁치 변병도는 김병두의 방 앞에서 작게 김병두를 불렀다.

한편 누군가 걸어오는 소리를 듣고 있던 김병두는 감방 문

틈으로 자신을 부르는 소리에 얼른 입을 열었다.

"거기 누구요?"

"의원님을 구하러 온 사람입니다."

자신을 구하러 온 사람이라는 말에 김병두는 더 생각할 것
도 없이 자신에게 말을 거는 사람에게 말했다.

"어서 날 꺼내 주시오."

"알겠습니다. 잠시 문에서 물러나 주십시오."

변병도는 김병두에게 경고했다.

혹시나 문을 열 때 부딪혀 다칠 우려가 있기에 뒤로 물러
나라는 말을 한 것이다.

그리고 김병두도 괜히 철문 앞에 있다가 다칠 수도 있으니
자신에게 말을 건 사람의 지시를 따랐다.

덩컹!

새벽 시간이라 조금 큰소리가 나긴 했지만, 김병두의 감방
이 다른 사람들이 있는 곳과 상당히 떨어져 있는 곳이라 그
소리를 들은 사람은 없었다.

더욱이 늦은 시각 모두 잠들어 있으니 더욱 그러할 것이
다.

◈　　◈　　◈

감옥에서 사람을 한 명 빼내는 것은 무척이나 힘든 일이다.

하지만 사전에 철저히 준비를 하고 관계자에게 뇌물을 주고 하여 내부 공모자를 구한다면 생각보다 쉽게 사람을 빼낼 수도 있다.

지금도 그랬다.

세상의 많은 사람들이 이목이 몰려 있어 집중 감시를 해야 할 김병두는 그가 구속된 안양 교도소를 유유히 빠져나와 군산으로 내려가는 고속도로를 달리고 있었다.

"의원님 고생 많으셨습니다."

"뭐 시절이 그러니 감수해야지. 그런데 누군가?"

감옥을 나와 출발을 하지 10분이 지나서야 자신을 구한 이의 신분을 물어보는 김병두였다.

아마도 김상수가 그에게 말을 걸지 않았다면 끝가지 묻지 않았을 것이다.

"예, 전 서양그룹 계열사인 서양건설에 전무로 있는 김상수라고 합니다."

김병두는 김상수의 말을 듣다 깜작 놀랐다.

설마 자신을 감옥에서 빼낸 사람이 자신의 아버지가 보낸 사람이 아닌 서양건설의 이사라는 것에 눈을 동그랗게 떴다.

비록 자신이 서양건설의 이세건 사장과 잘 알고 있는 사이라고 하지만 설마 그가 자신을 구하기 위해 이런 위험한 일에 회사 전무를 보냈을 것이라고는 예상치 못했다.

너무도 비정상적인 일이 지금 자신의 주변에서 일어나고

있는 것을 느낀 김병두는 너무도 놀래 김상수의 말에 더 이상 다른 말을 하지 않고 그를 쳐다보았다.

그런데 그런 김병두의 모습에 김상수는 어색한 미소를 지으며 말을 이었다.

어떻게든 김병두에게 호감을 심어 줘야 하기 때문이다.

괜히 여기서 뭔가 의심을 사게 된다면 나중에 일본에 들어가 고생할 수도 있었다.

앞으로 일본에서 생활을 할 것인데, 사실 김병두가 자신들을 먹여 살릴 물주였다.

그런데 처음부터 의심을 산다면 앞으로의 일이 많이 꼬일 것이다.

그래서 얼른 말을 이었다.

"제가 담당하는 것이 고충 처리반입니다. 그리고 의원님도 아시겠지만 저희 사장님 집안에 우환이……."

김상수는 자신이 전무라는 직책을 가지고 있으면서 이렇게 늦은 시각 교도소에 있는 김병두를 빼내게 된 것인지 이유를 설명했다.

사장인 이세건의 부탁으로 정성환을 처리하기 위해 자신과 인연이 있는 대범파에 정성환의 처리를 의뢰한 것이나, 만수파의 방해로 대범파가 무너진 것이나, 자신을 추적하는 만수파를 피하기 위해 중국 삼합회에 의탁한 일이나, 그들마저 만수파에 무너져 도망친 일 등 자신이 한 일을 김병두에게 들려주었다.

한편 김병두는 자신과 같이 성환에게 원한이 있는 이세건 사장이 그렇게나 많은 일을 벌였지만 실패했다는 말에 놀랐다.

자신이 상상한 것보다 원수의 배경이 너무도 대단하게 들렸다.

특히나 성환의 뒤에 있는 것으로 알고 있는 만수파가 자신이 생각하는 것 이상의 엄청난 힘을 가지고 있다고 느껴졌다.

그런데 이때 한참 운전을 하던 칠성파의 조직원이 소리쳤다.

"형님!"

"무슨 일이야!"

한참 김병두를 꼬시고 있는데, 똘마니 하나가 끼어들자 흥이 깨져 버렸다.

그랬기에 김상수의 말투는 결코 좋지 못했다.

그런 김상수의 말에도 운전자는 뭔가 다급하게 대답을 했다.

"조금 전부터 누군가 저희를 따라오고 있습니다."

"뭐?"

"그게 무슨 소리야! 누가 우릴 따라오다니?"

누군가 자신들을 따라온다는 말에 김상수는 물론이고 조용히 있던 김인수까지 흥분해 물었다.

"고속도로를 타고 달리는데, 벌서 30분 째 저희를 따라오는 차가 있습니다."

"잘못 본 게 아냐?"

"아닙니다."

그는 확신을 가지고 말을 했다.

"저희가 있던 국도에서부터 같은 차가 따라오고 있는 중입니다."

자신들이 국도에 숨어서 대기를 하고 있다 김병두를 빼내고 은밀하게 움직였는데, 자신들을 따라온다는 말에 뒷목이 서늘해졌다.

'비밀이 샜다.'

비밀이 새어 나가지 않고서는 이럴 수 없었다.

자신들이 김병두 의원을 빼내 군산에 가는 것은 계획에 참가한 몇 명뿐이 모르는 비밀이었다.

하지만 지금 누군가 자신들을 미행하다는 말에 누가 비밀을 불었다는 생각만 날 뿐이다.

그리고 그런 생각이 들자 비밀을 폭로한 자를 찢어 죽이고 싶은 생각이 절로 들었다.

'누구야! 어떤 놈이야!'

하지만 지금 흥분을 해 봐야 전혀 도움이 되지 않았다.

비밀을 폭로한 놈이 바로 앞에 있다면 찢어 죽여 바다에

물고기 밥을 만들어 버리겠지만 지금은 일단 냉정한 판단을
해야만 했다.

'어떻게 한다?'

한참을 생각하던 김상수는 얼른 말을 꺼냈던 똘마니에게
물었다.

"우릴 따라오는 차가 몇 대나 돼?"

"한 댑니다."

달랑 차 한 대가 자신들을 따라온다는 말에 김상수는 얼른
머리를 굴렸다.

'한 대란 말이지? 그럼 최대 다섯 명 내외로군!'

자신들을 추적하는 차가 자신들이 타고 있는 승합차 종류
가 아닌 것을 확인한 김상수는 그 차에 사람들이 타고 있어
봐야 많지 않을 것이란 생각이 들었다.

"다른 차에 연락해서 따라오는 차를 유인하라고 해!"

김상수는 별장을 출발할 때 20명이나 되는 인원이 한 차
에 타지 못하기에 두 대의 차로 이동을 했다.

조수석에 타고 있던 칠성파 조직원이 다른 차에 연락을 하
여 자신들을 미행하는 차를 유인해 처리하기로 하였다.

하지만 다른 차에 맡기고 자신들은 먼저 군산항에 가려고
했지만, 어떻게 안 것인지 미행을 하는 차는 그들을 유인하
려는 차에 속지 않고 그들의 차를 따라왔다.

그 때문에 김상수는 어쩔 수 없이 인적이 드문 한적한 곳

으로 추적자들을 유인해 한꺼번에 덮쳐 그들을 처리하고 목
적지로 향하기로 했다.

◆　　◆　　◆

"네놈들은 누구냐?"

승합차에서 내린 김상수는 얼른 자신들을 뒤따르던 차를
보며 큰소리로 물었다.

아직 그 차에서는 사람들이 내리지 않았지만 그들도 어쩔
수 없을 것이라 생각하면 물었다.

이미 그 차는 앞뒤로 퇴로가 막힌 상태였다.

그렇기에 김상수는 비릿한 미소를 지으며 말을 하는 것이
다.

이때 검정색 승용차에서 문이 열리며 사람이 내리는 모습
이 보였다.

강렬한 전조등의 불빛 때문에 눈이 부셔 정체를 알 수는
없지만 언뜻 보기에 그리 나이 들어 보이는 인물은 아니었
다.

차에서 사람이 내리는 모습을 확인한 김상수는 재차 정체
를 물었다.

"웬 놈들이기에 우릴 쫓아온 것이지?"

그러자 차에서 내린 사람 중 한 명이 낮게 으르렁거리듯

말을 했다.

"내가 누구냐고? 후후후, 네게 받을 빚이 있는 사람이지!"

김상수에게 말을 한 사람은 바로 김용성이었다.

최진혁과 함께 회합에 나갔다가 김상수가 데려온 이들에게 습격을 당해 부상을 당했던 그가 지금 복수를 하기 위해 이 자리에 있었다.

그런데 분명 김용성은 김상수 무리가 20명이나 되는 것을 알고 있는데, 겨우 4명만 대동하고 그를 추적했다.

"하하, 내게 받을 빚이 있다? 겨우 그 인원으로?"

용성의 말을 곱씹다가 그가 데려온 인원이 겨우 4명이란 것을 보며 코웃음을 쳤다.

하지만 그런 김상수의 말을 받은 건 김용성이 아닌 또 다른 사람이었다.

"네가 김상수인가?"

"누구지? 목소리를 들어 보니 어린 친구 같은데, 말하는 것이 영 버릇이 없군!"

무척이나 젊은 목소리에 김상수는 미간을 찡그리며 말을 하였다.

그런데 그 목소리의 주인공은 다름 아닌 성환이었다.

이런 일이 있을 것이 미리 알고 대기를 하다 이들이 김병두를 교도소에서 빼내자 추적을 한 것이다.

"나이가 중요한가? 존중을 받으려면 존중받을 행동을 했어야지."

나직한 성환의 목소리에 주변에 있던 사람들의 표정들이 모두 변했다.

성환의 목소리에는 듣는 이의 감각을 자극하는 섬뜩한 뭔가가 있었다.

마치 한 겨울에 발가벗겨진 것 같은 싸늘함이라던가?

아니, 그보단 금방이라도 자신을 물어뜯으려는 맹수 앞에 홀로 서 있는 듯한 서늘함이 느껴졌다.

"김병두 의원! 그렇게 안에만 있지 말고 나오시죠?"

성환은 김상수를 보다 그 뒤에 시선을 고정하고 아직 승합차에서 내리지 않고 있는 김병두를 불렀다.

한편 탈옥을 하고 누군가 따라온다는 말을 듣고 차 안에서 불안에 떨고 있던 김병두는 자신의 이름을 부르는 소리에 깜짝 놀랐다.

설마 이 자리에 자신의 탈옥을 알고 있는 사람이 있었다는 것, 아니, 그것을 알고 추적해 온 사람이 있다는 것에 너무 놀라 이러지도 저러지도 못하고 있었다.

탈옥이란 것은 단순한 범죄가 아니다.

지금까지 자신의 혐의를 부인하고 있었던 것은 어떻게 보면 끝까지 자신이 한 것이 아니라고 잡아뗀다면 증거가 있더라도 형량이 그리 크게 나오지 않을 것이지만, 지금 자신이 탈옥한 것이 알려진다면 모든 것이 끝난다.

뿐만 아니라 어쩌면 자신의 탈옥에 관여한 아버지 또한 무사하지 못할지도 몰랐다.

자꾸만 불안감만 커져가자 김병두는 밖에다 대고 소리쳤다.

"뭐하는 거야! 어서 저들을 없애 버려! 시간이 없어!"

그 소리 때문인가? 성환을 주하고 있던 김상수는 칠성파의 조직원들에게 소리쳤다.

"처리해!"

그의 말이 떨어지기 무섭게 성환 일행을 둘러싸고 있던 자들이 달려들었다.

장내는 순식간에 아수라장이 되어 버렸다.

하지만 혼란스러운 분위기와 다르게 승용차에서 내린 성환 일행들은 차분하게 한 명, 한 명 자신에게 달려드는 조폭들을 상대했다.

5.
복수의 마무리

대한민국은 하루아침에 날아든 속보로 혼란에 휩싸였다.

하루 일과를 시작하기 위해 아침을 준비하던 사람들은 긴급하게 편성된 뉴스를 통해 날아든 소식에 엄청 놀랐다.

요즘 한창 뉴스를 장식하고 있던 김병두가 재판이 끝나지도 않았는데, 감옥에서 탈옥을 했다는 것이었다.

더군다나 그를 탈옥시키기 위해 붙잡힌 이들의 정체를 듣고서 더욱 놀랐다.

탈옥을 하다 함께 붙잡힌 이들이 부산의 한 조직 폭력배라는 것이었다.

이상한 것은 부산의 조직이 어떻게 서울을 연고지로 하는 김병두 의원이 어떻게 부산의 조직을 알고 있는지 의문이었다.

그런데 그 의문은 연이어 들어오는 소식에 금방 알 수 있었다.

함께 붙잡힌 이들 중 한 명이 바로 한국의 중견 그룹의 계열사 하나의 전무이사라는 것이고, 그가 그 자리에 함께 했던 것은 회사 사장의 지시로 조폭인 자신의 동생을 불러 그를 감옥에서 빼냈다는 것이다.

대한민국에 존재하는 중견 기업의 오너가 설마 자신이 알고 있는 사람을 불법적으로 그것도 탈옥과 같은 중범죄를 종용했다는 사실을 알게 된 사람들은 사실을 믿을 수가 없었다.

너무도 어처구니없는 뉴스 때문에 멘탈 붕괴가 되는 상황에 빠져 있을 때 붕괴 정도가 아니라 소멸할 정도의 상태에 이른 사람이 있었다.

―검찰은 김모 의원과 함께 붙잡힌 김씨에게서 사건의 전말을 듣고 중견 기업 이모 사장을 소환 조사하기로 했습니다. 이번 사건을 맡은 이계진 고검장은 이번 일에 관여한 그 누구라도 지위 고하를 막론하고 철두철미하게 조사를 해, 법의 심판을 받게 할 것이라 발표했습니다. 이번 사건은 대한민국 건국사상 초유의 일로 현역 의원이 재판 도중 감옥을 탈출한, 영화에서나 볼 법한 사건으로, 법조계 일각에서 이 일은 대한민국 법을 우롱하는 일로…… 이상 검찰청에 나와

있는 KBC앵커 허안나였습니다.

와장창!

뉴스를 보고 있던 이세건은 방금 전 뉴스를 본 뒤 물을 마시기 위해 컵을 들고 있다 그것을 벽을 향해 던져 버렸다.

비록 실명이 거론되진 않았지만 누가 봐도 저것은 자신이 김병두의 탈옥에 관여를 했다는 것을 나타내고 있었다.

자신이 아들의 일로 김병두 의원과 자주 어울렸다는 것은 주변에선 모르는 이가 없을 정도로 널리 알려진 사실이다.

그런데 내용에 현재 진행 중인 재판에 연루된 국회의원이 누구인지 모르는 사람이 없다.

아무리 성만 나온 뉴스지만 충분히 알 수 있는 것이다.

"병신 같이 그런 것 하나 조심하지 못하고 다 불어 버려? 개새끼!"

물컵을 던져 버렸지만 그래도 화가 가라앉지 않은 이세건은 식탁에 한 손을 집고 씩씩 거리고 있었다.

그런데 컵이 깨지는 소리에 밖으로 나온 그의 부인이 이세건을 보며 물었다.

"당신 무슨 일이에요?"

"아무것도 아냐!"

"아니긴 뭐가 아니에요?"

김수희는 부엌 한쪽 벽에 튄 물 자국이나 바닥에 널려 있는 유리 파편으로 뭔가 문제가 있음을 금방 알 수 있었다.

"말해 봐요. 무슨 일이에요?"

"아무⋯⋯."

자꾸만 추궁을 하는 부인에게 별거 아니란 말을 하려고 할 때, 이세건의 말을 막는 소리가 있었다.

띵동!

이른 시각 초인종 소리에 김수희는 고개를 갸웃거렸다.

그런데 초인종 소리를 들은 이세건의 표정이 굳어졌다.

이세건은 자신도 모르게 초인종 소리에서 자신의 앞날이 예상이 되었다.

어떻게 된 것인지 눈앞에 자신의 미래가 빠르게 지나가고 있었다.

사람들은 자신이 죽기 전 지금까지 자신이 걸어 온 인생이 파노라마처럼 눈앞을 지나간다 했는데, 이세건은 초인종 소리를 듣고 그와 반대로 미래의 모습이 그의 눈앞에 펼쳐졌다.

그런데 그의 눈앞에 펼쳐진 미래는 결코 밝고 아름답지 못했다.

"여, 여보! 나와 봐요."

초인종 소리에 현관으로 나가던 부인의 말에 이세건은 천천히 거실로 나갔다.

그리고 자신을 돌아보며 당황해하는 수희의 모습에 한숨을 쉬었다.

"여보! 여보, 이 사람들 뭐예요? 네?!"

자신을 보면서도 아무런 말을 하지 않는 남편의 모습에 김수희는 당황해 자신의 뒤로 들어오는 남자들이 누군지 물었다.

김수희로서는 한 번도 본 적이 없는 지금 상황이 분간이 되지 않아 남편을 불러 보지만, 그런 그녀의 부름을 받은 이세건은 그녀의 뒤에 들어오는 남자들의 모습을 보며 쇼파에 무너지듯 주저앉았다.

털썩!

"이세건 씨, 당신은⋯⋯ 묵비권을⋯⋯. 당신을 체포합니다."

그의 집으로 들어온 사람 중 한 명이 서류를 들이밀고는 이세건에게 그의 권리를 말하며 팔에 수갑을 채웠다.

"당신들 뭐야! 지금 무슨 짓을 하는 거야! 여기가 어딘지 알고⋯⋯!"

김수희는 지금 벌어지고 있는 상환을 이해하지 못하지만 남편이 붙잡혀 가는 것을 막기 위해 집으로 들어온 사람들에게 소리쳤다.

아니, 소리치는 것에서 그치지 않고 남편을 붙잡아 가려는 것을 방해했다.

하지만 그런 그녀의 노력도 잠시 한 남자가 그녀에게 차갑게 쏘아붙이자 행동을 멈췄다.

"더 이상 방해를 하면 공무 집행 방해로 부인도 체포를 하
겠습니다."

그의 말에 김수희는 얼어붙듯 그 자리에서 꼼짝하지 못했
다.

그렇게 남편이 어디론가 끌려가자 김수희는 한참을 그렇게
정신을 차리지 못하고 멍하게 남편이 사라진 현관문을 쳐다
보았다.

어느 순간 정신을 차린 김수희는 자신의 아버지 김춘삼 회
장에게 전화를 했다.

"아버지! 저 수희예요. 지금 이 서방이 검찰에 끌려갔어
요. 이게 무슨 일이에요?"

그녀가 아는 상식에서 자신의 아버지가 나서서 해결되지
않은 일이 없었다.

그래서 지금 모든 희망을 걸고 아버지 김춘삼에게 연락을
한 것이다.

◈　　◈　　◈

어두운 조명 아래 이세건은 초췌한 얼굴로 딱딱한 의자에
앉아 있었다.

방 안은 겨우 두 평 반 정도로 좁은 곳이었으며, 주변에는

별다른 가구 하나 없는 삭막한 분위기를 연출하고 있었다.

이세건이 있는 곳은 바로 검찰 취조실이었다.

이른 아침 검찰에 잡혀 온 이세건은 12시간이 넘는 검찰 조사에도 끝까지 자신의 혐의를 부인하고 있었다.

"이세건 씨! 정말로 이 사람에게 그런 지시를 내린 일이 없습니까?"

검사는 이세건의 앞에 앉아 심문을 하고 있었다.

"난 그런 지시를 내린 일이 없습니다."

"자꾸 거짓말 하실 겁니까? 증거가 나왔는데, 끝까지 발뺌을 하실 것인가 말입니다. 이렇게 비협조적으로 나오면 좋지 못합니다."

"난 정말로 그런 지시를 내린 적이 없습니다. 그리고 증거가 있다면 그럼 증거를 가져오란 말입니다."

검사의 질문과 이세건의 반박으로 조사는 여의치 않았다.

하지만 어떤 증거를 가지고 있는 듯 검사는 이세건의 어떤 말에도 흔들림 없이 계속해서 그를 추궁했다.

그런데 그런 취조하는 모습은 이세건만이 아니었다.

그와 얼마 떨어지지 않은 곳에서 전 국회의원이자 대한민국의 권력자 중에 한 명이었던 김한수 전 의원도 있었다.

작년까지만 해도 감히 일개 검사를 그를 조사할 수도 없었는데, 지금은 피의자 신분으로 취조를 받는 중이었다.

그런데 김한수가 이세건과 다른 점은 아무래도 김한수의

신분을 어느 정도 감안을 했는지 평검사가 아닌 부장검사가 나서서 조사를 하고 있었다.

또 취조를 하는 분위기도 사뭇 달랐다.

"이렇게 뵙게 돼서 뭐라 말할 수 없습니다. 하지만 이미 확보된 증거가 있기에 조사를 하지 않을 수가 없습니다."

검사의 조심스런 말에 김한수도 한숨을 쉬며 대답을 했다.

대답을 하는 그는 이미 새벽에 뉴스를 접하고 아니, 그전에 검찰청에 있는 소식통으로부터 미리 연락을 받았다.

자신의 아들이 탈옥을 하다 붙잡혔다는 것이었다.

더욱이 탈옥 과정에서 붙잡힌 것이 아니라 탈옥은 성공을 했지만 고속도로에서 아들의 얼굴을 알아본 사람에 의해 붙잡혀 경찰에 넘겨졌다는 것을 들었을 때, 김한수는 모든 것이 끝났음을 깨달았다.

어떻게 고속도로에서 달리는 차 안에서 아들의 얼굴을 알아본다는 말인가?

그것도 어두운 밤에 말이다.

뿐만 아니라 그들이 타고 갈 차는 자신이 수배해 준 것으로 밝은 대낮에도 밖에서 안이 들여다보이지 않을 정도로 짙게 선팅이 된 차량이었다.

그런데 지금 검사는 제보자에 의해 아들이 탈출한 뒤 도망을 치다 잡혔다고 말하고 있었다.

처음 소식을 들었을 때만 해도 어떻게든 빠져나갈 궁리를 하려고 했다.

하지만 검찰에 소환돼 이야기를 듣다 보니 자신이 누군가의 함정에 빠졌다는 것을 뒤늦게 깨달았다.

뿐만 아니라 어쩌면 처음부터 자신의 아들이 일이 밝혀진 모든 것이 다 누군가 꾸민 일이 아닌가, 하는 생각이 들었다.

한 번 그런 생각이 떠오르자 누가 감히 자신의 집안을 상대로 이런 엄청난 일을 벌인 것인지 궁금해졌다.

도저히 빠져나올 수 없는 외통수에 걸렸다.

빠져나오려고 발버둥을 칠수록 더욱 깊숙이 빠져드는 늪과 같이 자신은 물론 주변인들까지 함께 딸려 들어가고 있었다.

벌서 자신은 물론이고 아직 소식은 듣지 못했지만 어쩌면 자신이 연락한 이세건 사장도 검찰에 불려 와 있을지 몰랐다.

물론 그의 생각이 맞았다.

이세건은 그와 몇 미터 떨어지지 않은 방에서 취조를 받고 있었다.

다만 그와 다른 점은 자신의 혐의를 부인한다는 것뿐이다.

이것을 보면 젊은 이세건 사장보다는 그래도 나이를 먹고 연륜을 가진 김한수가 사건의 본질을 읽는 눈이 더 뛰어난 것만은 분명했다.

이세건은 아직까지 자신이 누군가가 마련해 놓은 함정에

빠졌다는 것을 깨닫지 못하고 있지만, 김한수는 지금 자신이 빠져나올 수 없는 함정에 꼼짝달싹 못하게 손발이 묶인 채로 던져졌다는 것을 인식하고 있다는 것이 달랐다.

◈　　◈　　◈

한참 김한수와 이세건이 검찰의 조사를 받고 있을 때, 성환은 김병두를 면회하고 있었다.

강화 유리로 막혀 있는 면회실에 마주하고 있는 김병두와 성환은 한참을 그렇게 서로를 노려보았다.

"네놈이지! 네놈이 그런 것이지!"

김병두도 바보가 아닌지, 탈출하는 자신을 붙잡아 다시 검찰에 넘긴 성환에게 소리쳤다.

"이 모든 것이 네놈이 꾸민 일이야! 내 말이 맞지! 아니야?"

김병두는 미친 것처럼 큰소리로 고함을 쳤다.

자신이 검찰에 불려 간 것이나, 그동안 자신이 조폭들을 사주해 경쟁자들을 테러한 일, 그리고 여러 기업인들에게 뇌물을 받은 일이 외부에 밝혀진 모든 게 성환이 꾸민 일이라고 소리치고 있었다.

그런 김병두의 모습을 일별한 성환은 아주 나지막한 목소리로 말을 했다.

"맞아! 나야! 내가 모든 것을 검찰에 알렸지."

"네놈이 감히!"

성환의 말을 들은 김병두는 자리를 박차며 강화 유리에 가까이 다가가 벽을 두드리며 소리쳤다.

"죽여 버리겠어! 죽여 버리겠다고!"

쿵! 쿵!

"거기 조용히 해!"

김병두의 소란스런 행동에 구석에 있던 교도관이 고함을 치며 김병두의 행동을 제지했다.

하지만 이미 흥분한 김병두는 자신을 말리는 교도관을 밀치고 계속해서 성환이 앉아 있는 쪽을 향해 고함을 치고 강화 유리를 두들겼다.

하지만 그렇다고 성환이 위협을 느끼지 않았다.

벽 너머에 있는 그가 할 수 있는 일이라고는 자해뿐이었다.

그러니 성환은 김병두의 발광을 느긋하게 지켜보며 차갑게 웃었다.

"그러기에 자식 교육을 잘했어야지, 아니, 네놈이 그렇게 비상식적으로 행동을 했으니 그걸 보고 자란 놈이 뭘 알겠어!"

김병두만 들을 수 있게 내공을 이용해 그의 귀에 그렇게 말을 들려주었다.

한참 발광을 하던 김병두는 자신의 귀에 천둥치는 소리처럼 들리는 성환의 목소리에 깜짝 놀랐다.

그렇게 큰소리를 지르는 것 같지는 않는데, 머리가 깨질 정도로 골이 울리는 소리에 김병두는 놀란 눈으로 성환을 보았다.

"그, 그게 무슨 소리야!"

자신의 말에 되물어 오는 김병두의 모습에 성환은 자신이 왜 이런 일을 했는지 그가 아직도 깨닫지 못하고 있음을 알았다.

그래서 좀 더 자세히 들려주기로 했다.

"너희와 나의 악연은 재작년 네 아들이 벌인 마약 파티부터 시작이다."

성환은 재작년 수진의 실종을 듣고 자신이 이들과 악연을 맺게 된 사실을 들려주었다.

성환의 이야기를 들으며 김병두의 표정이 수시로 바뀌어 갔는데, 처음에는 성환이 들려주는 이야기를 들으면서도 그는 전혀 자신의 잘못을 인정하지 않았다.

아니, 겨우 그 정도의 일로 아직까지 꽁해 있다고 생각을 했다.

하지만 그때 자신이 벌인 일에 관해 듣고 또 그것에 대한 복수로 성환이 자신의 아들은 물론이고, 아들 친구들까지 병신으로 만들었을 때는 경악을 했다.

대한민국은 물론이고 세계 유수의 의학 박사들을 불러 검사를 했지만 원인을 알지 못한다는 혁수의 병이 사실은 병이 아닌 성환이 알고 있는 고문 수법의 한 종류라는 것에 공포를 느꼈다.

"어떻게 인간이 그런 짓을 할 수가 있지?"

"그럼, 넌! 어떻게 인간이 그럴 수 있지?"

서로 인간이면서 어떻게 그런 잔인한 짓을 벌일 수 있는지 물었다.

한순간의 실수로 평생을 그런 고통 속에 살아가야 할 아들의 미래에 대한 김병두의 물음이었고, 다음은 성환이 김병두에게 어떻게 넌 피해자들에게 그런 짓을 또 할 수 있었는지 물었다.

"내가 어쨌다고!"

성환은 자신이 무슨 짓을 했는지 오히려 자신에게 물어 오는 김병두의 모습에 조금은 허탈한 표정으로 헛웃음을 했다.

"허허허허, 뭐가 어째? 내 조카와 당시 난행을 당했던 이들은 20살도 되지 않은 미성년자들이었다. 한참 자신의 꿈을 이루기 위해 노력을 했고, 또 그 결실을 보려던 아이들이 어떤 충격에 빠졌을 것 같나?"

"음"

성환은 감정이 들어 있지 않은 얼굴로 김병두를 직시하며 당시 사건을 말하며 그 당시 조카와 아이들이 겪었을 충격을 말했다.

"그런데 네놈들은 잘못을 뉘우치긴 고사하고 자신들이 가진 권력을 이용해 죄를 뒤엎고, 또 그도 모자라 내 누이와 조카를 죽이라고 살인 청부를 했다."

살인 청부에 관해 이야기를 하자 김병두의 낯빛이 저도 모르게 창백해졌다.

살인 청부라는 말을 듣고서야 그때의 일이 머릿속에 떠올랐다.

"하하하하! 잘했어! 역시 내가 김 변이라면 좋은 소식을 전해 줄 줄 알았다니까!"

"과찬이십니다."

"과찬이라니, 아니지 이건 당연한 말이지. 솔직히 이번 사건 김 변 아니면 누가 이렇게 원만하게 해결할 수가 있겠어! 안 그렇습니까?"

"그런데 두 분 사장님들은 우리를 번거롭게 만든 이를 그냥 두고 보실 것입니까?"

"누구 말씀이십니까?"

"누군 누굽니까! 그 기획사 사장하고 고소한 그년들이죠."

"그 연놈들을 그냥 둘 수는 없지요. 이젠 아이들의 일도 무사히 끝났으니 대가를 치르게 해야죠."

"저 그건 신중하게 생각하시는 것이 어떻습니까?"

"아니, 최 사장은 그 연놈들을 그냥 두고 보자는 말이오?"

"사실 나도 그냥 둘 수는 없다고 생각하고 있습니다. 하지만 그 뒤에 있는 존재가 좀 껄끄럽습니다."

"그게 누군데 만수파의 최만수 사장이 껄끄럽다며 뒤로 빼는 것이오?"

오래전 자식들의 재판을 자신들의 힘을 이용해 무혐의로 빼낸 뒤 자축을 하던 때의 일이 떠올랐다.

그리고 죽은 최만수가 당시 자신이 벌이려던 일을 빼던 것 또한 생각났다.

'그는 뭔가 알고 있었구나!'

그제야 김병두는 자신이 모르는 뭔가를 최만수는 알고 있었다는 것을 깨닫게 되었다.

"그것 때문에? 겨우 그것 때문에 우리에게 그런 것인가?"

김병두는 자신의 잘못을 깨달으면서 도 아직까지 미몽에서 벗어나지 못하고 있었다.

사람은 언제나 자신을 중심으로 모든 일을 평가하려는 버릇이 있었다.

김병두에게 그 일들은 별거 아닌 일었다.

그가 수진과 성희에게 살인 청부업자를 보낼 수 있었던 것도 별다른 이유가 있어서가 아니었다.

겨우 자신의 자존심을 상하게 했다는 것 때문이다.

그러니 지금도 겨우 그것이란 말을 하는 것이다.

"후후, 그게 너에게 겨우 그것이란 말이지? 그럼 나도 네게 그대로 답해 주지. 네가 겨우 그것이라 했던 일은 내게 그 어느 것보다 중요한 것이었다. 내 핏줄이 그렇게 네놈의 자존심 때문에 죽었다. 겨우 네까짓 것 때문에…… 그래서 그 일과 관련된 이들을 법이 심판하지 못하면 내가 직접 심판해 주겠다고 다짐을 하고 이렇게 일을 꾸몄지."

성환의 이야기를 모두 들은 김병두는 성환이 두려워졌다.

하지만 그 두려움도 뒤이어 들려오는 성환의 목소리에 묻히고 말았다.

"네 탈출이 너의 생각에서 계획되었다고 생각하나?"

갑작스런 성환의 질문에 김병두는 성환이 지금 무슨 말을 하는지 알 수가 없었다.

자신의 탈출은 자신이 보좌관으로 있는 김명철과 함께 계획한 일이다.

검찰이 가지고 있는 증거가 너무도 확실해 도저히 빠져나갈 구멍이 보이지 않아 꾸민 일이었다.

집안의 재산이 상당하니 일본으로 넘어가 재기를 준비하면 된다고 생각했다.

일본에도 자신을 도와줄 인맥이 있으니 충분할 것으로 생각했다.

그런데 막상 일을 하려니 자신이 감옥을 나갈 방법이 없었다.

그래서 김명철을 통해 자신의 아버지를 찾았다.

아버지에게 자신의 계획을 말을 하고 도움을 요청했다.

한참을 생각하던 아버지가 그것을 허락했다.

사실 자신의 계획이 위험 부담이 크다는 것은 잘 알고 있었다.

하지만 어차피 현 시점에서 자신에게 더 이상의 대안이 없었다.

후계자인 혁수는 치료 불가의 증세에 시달리며 평생을 침대 위에서 생활을 해야만 한다.

그런 시점에서 자신은 어쩌면 평생 감옥에 있어야 할지도 모를 지경에 있었다.

그러니 아버지로서는 가문을 위해선 대안이 없기에 자신의 요청을 받아들였다.

그런데 지금 그런 일련의 일들이 자신이 아닌 눈앞의 인물이 꾸민 일이라고 한다.

미치지 않고 버틸 재간이 없었다.

"그게 무슨 말이지?"

"아직도 감이 잡히지 않나?"

"……?"

계속해서 물어 오는 성환의 질문에 김병두는 머릿속이 복잡해졌다.

지금 성환이 들려주고 있는 말을 자신의 머리로는 도저히 이해할 수가 없었다.

"무슨 소리야! 알아듣기 쉽게 말해 봐!"

"뭐 이해를 못한다니 들려주지."

성환은 선심이라도 쓰듯 김병두에게 자신이 그동안 계획한 것을 들려주었다.

한참을 성환의 이야기를 듣던 김병두는 초점이 없는 눈으로 성환을 돌아보며 물었다.

"그럼 내가 탈출한 것도 사실은 네가 계획한 일이란 말이지?"

"맞아. 네놈 때문에 전전긍긍하고 있는 네 보좌관을 흔들어 마치 네가 탈출을 할 수밖에 없는 상황을 만들었지. 그리고 이 모든 것이 네가 생각해 낸 것처럼 만들기도 하고 말이지."

자신이 왜 이렇게 된 것인지 그제야 깨달은 김병두는 한참을 멍한 눈으로 전면을 쳐다보았다.

그런 그의 얼굴에는 도저히 살아 있는 인간의 낯빛이 아니었다.

죽은 시체마냥 창백한 그의 얼굴에는 아무런 표정도 읽을 수 없이 굳어 있었다.

◈　　◈　　◈

재판장 안은 무척이나 소란스러웠다.

재판장이 시끄러워진 이유는 피고이면서 사건의 증인으로 나온 김병두가 증언을 함으로써 벌어진 소란이었다.

"이, 이 새끼야! 지금 무슨 소릴 지껄이는 거야!"

증인석에 앉아 증언을 하는 김병두의 모습에 같은 피의자 자리에 있던 이세건이 자리에서 일어나 김병두를 손가락질을 하며 쌍욕을 하며 고함을 지르는 바람에 벌어진 일이다.

탕탕탕!

"정숙! 정숙하세요!"

웅성웅성!

재판장 안은 김병두가 하는 자신에 대한 불리한 증언을 하는 것과 이세건이 김병두를 향해 고함을 치는 소리에 방청객에 있던 사람들까지 웅성거리며 혼잡스러워졌다.

이에 재판장이 소란을 잡아 보고자 의사봉을 두들겨 보지만 아무런 소용이 없었다.

그도 그럴 것이 방청객들도 설마 김병두가 자신에게 불리한 증언을 할 줄은 예상하지 못했기 때문이다.

이 때문에 검사 측에서는 이번 재판의 승리를 자신한 반면, 그와 반대로 김병두의 변호와 이세건의 변호를 받은 변호사들의 표정은 검게 죽어 갔다.

"증인, 지금 증언한 것이 사실입니까?"

판사는 혹시나 검사의 강요에 의해 김병두가 거짓 자백을 한 것은 아닌지 다시 한 번 물었다.

"아닙니다. 제가 지금까지 증언한 것은 모두 사실입니다."

김병두의 거듭된 증언에 판사는 다시 한 번 물었다.

"지금 한 증언으로 인해 피고는 재판에 불리해질 수도 있는데, 피고의 증언에 외부의 강요가 있었던 것은 아닌지 묻습니다. 외부의 어떠한 강요나 협박은 없었습니까?"

판사의 물음에 김병두는 방청객 구석 한 방향을 쳐다보다 고개를 돌려 판사를 보며 대답을 했다.

"전혀 그런 것 없었습니다. 지금 제가 한 말은 그동안 제가 한 범죄에 대한 반성을 하고 죗값을 달게 받기 위해 증언을 하는 것입니다."

"잘 알겠습니다. 증인, 내려가도 좋습니다."

김병두의 증언이 끝나고 판사는 그에게 피고석으로 돌아가도록 말을 했다.

증언을 하던 김병두가 자리로 돌아가자 옆자리에 있던 이세건이 죽일 듯 그를 노려보았다.

하지만 그는 어떤 변명도 없이 그저 담담한 표정으로 정면을 주시했다.

그런데 이때 그의 옆자리에 있는 김한수가 작은 목소리로 물었다.

재판은 김병두의 탈옥 사건을 심사하는 재판이라 그의 탈옥을 도운 혐의로 붙들린 이세건과 김한수가 자리에 있었고,

또 탈옥 과정에서 그를 실질적으로 빼냈던 김상수와 그의 동생인 김인수, 그리고 그의 조직원들이 자리에 있었다.

다만 함께 붙잡힌 일본의 야쿠자들은 한국인이 아닌 외국인이기에 일단 이 자리에 함께 재판을 받지 않았다.

김한수는 무엇 때문에 김병두가 그런 재판에 도움이 되지 않는 불리한 증언을 하는 것인지 알 수가 없었다.

이미 김상수나 다른 이들의 증언으로 자신들에게 그나마 불리한 상황에서 김병두까지 같은 증언을 하자 너무도 궁금해졌다.

평소 아들의 성격을 보면 절대 이유 없이 이런 증언을 했을 이유가 없었기 때문이다.

현장에서 붙들렸다고 해도 부인했을 위인인데, 마치 개과천선이라도 하듯 아니, 사람이 바뀐 듯 자신에게 불리한 증언을 아무런 망설임 없이 하는 것을 보며 김한수는 지금 보고 있는 사람이 자신의 아들이 맞는지 의심이 들기도 했다.

그런 김한수에게 김병두는 낮은 목소리로 대답을 했다.

하지만 그 목소리는 김한수뿐 아니라 이세건까지 들을 수 있었다.

다만 조금 떨어져 있는 이들의 변호인들은 들을 수가 없는 아주 작은 목소리였다.

"이미 우린 빠져나올 수 없는 늪에 빠졌습니다. 그리고 우릴 함정에 빠뜨린 사람이 그러더군요. 순순히 죗값을 치른다면 아이들이라도 살 수 있다고 말입니다."

"그, 그게 무슨 소리야!"

김병두의 말에 이세건은 그게 무슨 소린지 물었다.

너무 놀라 자신도 모르게 큰소리를 쳐 사람들의 관심을 주목하게 만들었지만, 이세건에게 그건 들어오지 않았다.

방금 김병두가 한 말 중 자식들이나마 살 수 있다는 말이 그의 귓가를 맴돌았다.

"그가 우리가 한 짓들에 대한 죗값을 치른다면 아이들을 고쳐 줄 수도 있다고 제안했다."

김병두는 그 말을 하고 입을 다물었다.

김병두가 말하는 그가 누군지 이세건이나 김한수는 직접적인 언급은 없었지만 깨달을 수 있었다.

'정성환!'

두 사람의 머릿속에 성환의 이름이 떠올랐다.

그러고 보니 그동안 다른 모든 일에 성공을 했지만 그자와 관련된 일만은 언제나 실패를 봤다.

이세건은 자신도 모르게 자신의 뒤쪽에 자리하고 있는 김상수를 쳐다보았다.

장인으로부터 소개를 받아 20년 가까이 그를 알아 왔다.

한 번도 일처리가 매끄럽지 않은 적이 없었다.

서양그룹의 고층 센터장을 거쳐 자신이 서양건설 사장으로 일하면서 껄끄러운 사건이 생길 때면 나서서 일을 원만하게 풀어 주었다.

하지만 어떻게 된 일인지 아들의 일로 그에게 정성환을 처리하란 지시를 내린 뒤로 어느 것 하나 되는 일이 없었다.

돈은 돈대로 소비하고 벌써 세 번째 일을 만들었다.

의뢰를 할 때마다 엄청난 돈이 빠져나갔다.

그것도 처음은 자신과 부인이 가지고 있는 재산의 일부지만, 두 번째, 세 번째 의뢰를 하면서 감당이 되지 않아 회사의 자금까지 손대게 되었다.

이 때문에 이세건은 현재 회사로부터 공금 횡령의 죄목으로 고발이 된 상태다.

아무리 그가 서양그룹 회장의 사위라 하지만, 공금 횡령에 대한 죄는 넘어갈 수 있는 것이 아니다.

더욱이 그가 재판 중인 김병두의 탈옥과 연관되었다는 뉴스 때문에 그가 사장으로 있던 서양건설은 물론이고, 서양그룹 계열사 전체에 악영향을 주고 있었다.

이미 서양그룹 관련 주식들의 가치가 3/1이나 빠졌다.

탈옥과 같은 중범죄와 연관이 있는 사람이 계열사 사장으로 있다는 것만으로 그룹 전체가 부도덕한 기업으로 찍혔기 때문이다.

그러거나 말거나 이세건은 방금 김병두가 한 말을 곱씹었다.

'죗값을 달게 받으면 아이들은 무사할 수 있다…… 아이

들은 무사할 수 있다.'

자꾸만 메아리치는 아이들은 무사할 수 있다는 말에 이세
건도 마음이 흔들리기 시작했다.

이미 탈옥 사건과 관련해 재판에 회부된 시점에서 자신은
사회적으로 죽은 것이나 마찬가지였다.

재판이 어떻게 판가름이 나든 사람들에게 이미 자신은 탈
옥과 관련된 인물, 부도덕한 경영인 등등으로 인식이 되었
다.

대한민국은 다른 선진국과 다른 점이 있다.

친경영인 정책으로 경영인들에게 많은 혜택을 주지만, 한
번 찍힌 기업인은 결코 재기를 할 수가 없었다.

자신은 이미 회사로부터 공금 횡령으로 고발을 당했다.

뿐만 아니라 탈옥에 관여를 했으니 최소 8년 이상은 세상
구경을 하긴 힘들 것이다.

어쩌면 장인은 그룹 이미지 때문에 부인과 이혼을 종용할
지도 몰랐다.

이런저런 생각을 하며 결론적으로 자신은 이미 사회적으로
사형 선고를 받은 것이나 마찬가지.

'그래, 어차피 일이 이렇게 된 것 병찬이만이라도 살려야
지!'

결심이 선 이세건은 김병두의 말에 수긍을 하게 되었다.

그가 무엇 때문에 그런 결정을 했는지 이제야 깨달은 이세

건은 조금 전까지만 해도 불리한 증언을 한 김병두를 잡아먹을 듯 욕하고 노려봤지만 지금은 그러지 않았다.

"아버지, 그와 척을 져서 살아날 수가 없어요. 제 잘못으로 집안이 이렇게 되었지만, 그래도 혁수만은 구해야겠기에 이런 결정을 할 수밖에 없었습니다."

"알았다. 그래 이 늙은이가 살면 얼마나 살겠느냐. 혁수를 위해서 그만 포기하기로 하마."

결국 김한수도 더 이상 재판을 해 봐야 희망도 없고 그저 잘해야 형량이 몇 년 줄어드는 것뿐이란 것을 잘 알고 있었다.

그런데 아들이 손자를 위해 자신에게 불리한 증언을 한 것을 알자 그도 포기했다.

고통에 신음하고 있는 손자가 정상으로 돌아온다는데 주저할 일이 아니었다.

이미 자신의 나이는 80이 다 되었다.

죽을 날이 낼모레인데, 손자는 아직 앞날이 창창한 나이.

집안의 희망인 손자를 위해 그 정도의 희생은 당연한 것이라 생각한 김한수도 곧 재판을 더 이상 끌 이유가 없어졌다.

"이제 와 이런 말을 하긴 미안하지만, 우린 더 이상 재판을 끌고 싶지 않은데…… 이 사장은 어떻게 하겠나?"

김한수는 이세건을 보며 물었다.

그런 김한수의 말에 이세건도 자신의 생각에서 벗어나 김한수를 보며 말했다.

"알겠습니다. 저도 제 자식을 위해서라면 더 이상 재판을 끌 필요가 없다고 생각합니다."

주변에서는 이들 삼 인이 하는 이야기를 듣고 있었다.

아니, 주변인이 아닌 이들의 변호사가 말이다.

엄청난 수임료를 받으며 변호를 맡았는데, 정작 이들이 하는 소리를 들어 보니 재판을 승리하려는 것에 별로 관심이 없는 듯 보이고, 또 지금은 재판을 포기하려는 것처럼 말을 하고 있자 불안해졌다.

변호사로서 의뢰인이 어떤 생각을 가지고 있던 승소를 해야 다음 사건 수임하는 것에 유리하다.

"어르신, 그런 말씀을 하시면 재판에 불리합니다."

어떻게든 유리한 재판을 진행하기 위해선 이들의 협조가 필요한데, 옆에서 듣고 있자니 이들은 이미 재판을 포기한 듯 보여 한 소리였다.

그런데 그런 변호사에게 김한수는 단호한 말을 했다.

"나와 내 아들은 이만 재판을 포기하고 죄를 달게 받겠네."

"나도 이 재판을 포기하기로 하겠소."

"아니!"

세 사람의 재판 포기 선언에 변호사는 할 말을 잊었다.

한편 이들의 하는 말을 옆에서 듣고 있던 검사 측에서도 놀란 표정이었다.

자세한 내막은 모르겠지만 이들이 모든 죄를 인정하고 재판을 포기하겠다는 소리가 언뜻 들렸기 때문이다.

그리고 이들의 뒤에 있던 방청객 앞줄에서도 이들의 목소리를 들었다.

그 말이 순식간에 방청석 전체로 퍼져 나가며 다시 한 번 재판장은 소란스러워졌다.

그러거나 말거나 이미 재판을 포기하기로 결정을 한 삼 인의 표정은 한결 편안해졌다.

모든 것을 내려놓자 그제야 마음이 편해진 것이다.

"변호인 변론하세요."

아직 이들의 상태를 모르는 판사는 변호사에게 변론을 하라는 말을 했다.

하지만 이미 의뢰인들이 의뢰를 취소한다는 말을 했으니 더 이상 할 말이 없었다.

"존경하는 재판장님! 저희 의뢰인들께선 지금 지금까지의 주장을 번복하고 모든 죄를 시인한다고 했습니다. 그러하기에 저희 변호사들은 더 이상 변호를 그만두려고 합니다."

변호사의 말에 판사는 깜짝 놀랐다.

지금 변호사들이 변호를 그만둔다는 말을 했기 때문이다.

어떻게 들으면 직무유기에 해당되는 말이지만, 변호사가 말하던 중 피의자들이 죄를 시인했다는 말이 있기에 판사는 변호사의 말을 받아들였다.

"변호인이 그리 말하니 받아들이겠습니다. 그럼 검사 측 지금 이 말에 이의 있습니까?"

변호사가 변호를 그만둔다는 말에 판사는 검사의 이견을 물었다.

하지만 검사 쪽에서는 변호인 측이 그런 말을 하는 것에 전혀 이의를 달 필요가 없었다.

알아서 패소를 하겠다고 하는데, 굳이 그것을 말릴 필요가 없기 때문이다.

"이의 없습니다."

"알겠습니다. 그런 양측의 의견이 확실하니 그만 판결을……."

판사가 변호사과 검사 양쪽의 의견을 묻고 합의가 이루어지자 재판 판결문을 낭독했다.

당연 피고들이 모든 죄를 인정했기에 더 이상 재판을 끌이유가 없었다.

◈　　◈　　◈

재판이 끝나고 포승줄에 묶인 이들이 경찰들의 인도를 받아 호송차에 오르기 위해 이동을 했다.

이때 김수희는 자신의 남편을 불렀다.

"여보! 병찬 아빠! 어떻게 된 것이야! 왜 그랬어!"

김수희는 남편이 재판을 포기한 것에 대한 의문을 지울 수가 없었다.

끝까지 모른다고 한다면 충분히 빠져나올 수도 있는 문제였는데, 중간에 입장을 번복해 죄를 시인한 것 때문에 그것을 따졌다.

그런 부인의 모습에 이세건은 한숨을 쉬며 짧게 대답을 했다.

"병찬이를 위해서야."

아들을 위해서란 짧은 말을 남기고 호송차에 오른 남편의 뒷모습을 지켜보던 김수희는 빠르게 자리를 떠났다.

아들을 위해서란 그 짧은 말이 의미하는 것이 무언지 알 수가 없어 그랬다.

아직 남편이 어디로 이송이 될지는 모르지만 아버지라면 충분히 알아볼 수 있을 것이란 생각에 자신의 아버지에게 물어보기로 했다.

❖　　❖　　❖

김춘삼 회장은 창밖을 보며 이번 사위가 벌인 일 때문에 참으로 곤란해졌다.

비록 자신이 서양그룹의 회장이라고 하지만, 그룹이란 것이 회장 개인의 것이 아니다.

회사는 주주의 것이다.

비록 자신이 절대 다수의 주식을 보유하고 있어 경영권에 위협을 받진 않겠으나 아주 문제가 없는 것은 아니었다.

사주일가의 부도덕한 일로 주식 가치가 떨어졌기에 당연 주주들의 반발이 있을 것이다.

이것을 원만하게 해결하지 않는다면 나중 어떻게 될지 모를 일이기에 김춘삼은 그것이 고민이었다.

가장 믿고 있던 인물에게 이렇게 뒤통수를 맞아 버리니 천하의 김춘삼도 지금 정신이 없었다.

쾅!

생각에 잠겨 있던 김춘삼이 놀라기 충분할 정도로 큰 소리와 함께 회장실 문이 열렸다.

"아빠!"

김수희는 나이가 쉰이 넘어가는데도 자신의 아버지를 아빠라 부르며 회장실 안으로 들어섰다.

"무, 무슨 일이야!"

생각에 잠겨 있던 김춘삼은 외동딸의 갑작스런 방문에 당황했다.

"그이 어디로 갔는지 좀 알아봐 줘요."

"그게 무슨 말이야! 재판장에 가지 않았어?"

"갔지. 그런데 그이가 어디로 가는지는 못 들었어."

"겨우 그것 때문에 이렇게 찾아온 것이야! 지금 회사가 어떤 지경인지 생각도 않고?"

김춘삼은 아무리 자신이 예뻐하는 딸이지만 지금 회사가 어떤 지경인데 이렇게 철이 없이 행동을 하는 것인지 화가 났다.

그 때문에 자신도 모르게 언성이 높아졌다.

한 번도 자신에게 언성을 높여 말한 적이 없던 아버지의 모습에 김수희도 당황했다.

"아, 아빠, 그런 것이 아니라 그이가 경찰차에 오르면서 이상한 말을 했단 말이야!"

"이상한 말?"

"응, 오늘 어떤 일이 있었냐면……."

김수희는 오늘 재판장에서 있었던 일을 하나하나 그에게 들려주었다.

그도 이미 비서에게 보고는 받았지만 어떻게 된 일인지는 알지 못했다.

그저 사위가 재판을 도중에 포기를 했다는 말만 전해 들었기 때문이다.

그런데 딸의 이야기를 들어 보니 자신이 모르는 뭔가가 있다는 생각이 들었다.

절대로 사위가 그렇게 쉽게 재판을 포기할 사람이 아니란 것을 너무도 잘 알고 있기 때문이다.

사위 이세건은 절대로 자신의 잘못을 인정할 만한 위인이
아니다.

아니, 자신과 비슷한 과의 인물로 자신의 잘못을 다른 사
람에게 덮어씌우면 씌웠지 절대로 인정할 사람이 아님을 잘
알고 있는 김춘삼이기에 그를 자신의 곁에 두었다.

그런데 자신의 판단과 다르게 재판에서 죄를 인정하고 재
판을 포기했다는 말에 이해를 하지 못했었다.

"알았다. 내 자세히 알아보고 알려 주겠다."

뭔가 자신들이 모르는 뭔가가 있다는 느낌을 받은 김춘삼
은 비서실장을 불렀다.

그리고 그에게 이세건이 어느 교도소에 수감이 되었는지
알아보라는 지시를 내렸다.

자신이 모르는 비밀이 뭔지 알아보기 위해서는 사위를 만
나 볼 필요가 있었다.

◆　　　◆　　　◆

청송 교도소.

대한민국 교도소 중 중범죄자들만을 수감하는 시설이다.

그런 곳에 이세건이 수감되어 있었다.

다행이라면 그의 장인이 서양그룹이라는 재벌 그룹 회장이
기에 특별 조치로 흉악범들과 함께 수감되지 않고 따로 독방

에 수감이 되어 있었다.

그리고 수감된 지 얼마 되지도 않은 때, 특별 면회가 이루어졌다.

"어떻게 된 일이냐?"

김춘삼은 늦은 시각 손을 써 특별히 자신의 사위와 면회를 할 수 있었다.

대한민국 내에서 돈이 못할 일은 없었다.

탈옥과 관련된 범죄로 들어온 범죄자에 대한 면회 신청이었지만 서양그룹의 회장인 김춘삼이 힘을 쓰자 특별 면회가 허용되었다.

"심려를 끼쳐 드려 죄송합니다."

"됐다. 그런데 무엇 때문에 재판을 포기한 것이냐? 그게 그룹에 얼마나 심대한 타격을 입히는 것인지 알면서도……."

김춘삼은 말을 하다가 말을 다 잊지 못하고 벽 너머에 있는 이세건의 얼굴을 쳐다보았다.

정말 마음 같아서는 당장 씹어 먹어도 시원찮을 위인이지만, 어찌 되었든 자신의 사위이니 그 이유나 물어보기로 했다.

그런데 사위의 입에서 들린 말은 너무도 뜻밖의 대답이었다.

"병찬을 위해서입니다."

외손자인 병찬을 위해서 재판을 포기했다는 말은 이미 수희에게서 들었다.

그런데 이 이유를 아직 알지 못했기에 이 자리까지 찾아온 것이다.

"그래, 병찬을 위해서 그랬다고 했는데, 정확이 무엇이 병찬을 위한 일이냐?"

현재 자신의 외손자는 알 수 없는 병 때문에 강원도 별장에 요양을 하고 있었다.

하지만 요양을 한다고 나을 수 있는 병이 아니란 것도 알고 있는데, 그런 외손자를 위해 세건이 회사의 이미지도 뒤로하고 재판을 포기했다는 것이 이해가 가지 않았다.

그래서 구체적으로 무엇이 손자를 위한 일인지 물었다.

그러자 그제야 그의 입에서 제대로 된 말을 들을 수 있었다.

"장인어른께서도 병찬이 언제부터 저리된 것은 아시니 간단하게 설명 드리겠습니다."

세건은 병찬의 병이 사실 누군가 그렇게 만든 것이고, 또 고칠 수 있다는 것을 알게 되어 자신이 죗값을 치르면 그가 병찬의 병을 고쳐 주겠다는 약속을 했다는 것을 알렸다.

김춘삼은 사위의 말을 듣고 도저히 믿을 수가 없었다.

어떻게 인간이 그런 능력을 가지고 있을 수 있는지 믿기지 않았기 때문이다.

자신이 비록 많이 배운 것은 아니지만 현대 과학으로도 증명이 되지 않는 희귀병을 한 인간이 만들기도 하고, 또 고칠 수도 있다는 말에 정말 자신의 상식으로는 있을 수 없는 일이라 생각했다.

하지만 그런 마음 한편으로는 왠지 모를 불안감에 휩싸였다.

혹시나 그런 인물이 자신을 해코지하면 어쩌나 하는 마음 때문이다.

사실 자신도 그리 깨끗한 인물은 아니란 것을 김춘삼 본인도 인정하고 있었다.

그러니 만약 그런 사람이 정말로 작심을 하고 해코지를 하려고 한다면 막을 길이 없었다.

이세건은 자신의 장인에게 그동안 자신과 김병두가 벌였던 일의 전반적인 것을 모두 들려주었다.

외손자인 병찬과 그 정성환이란 사람의 조카와 있었던 악연부터 또 사위와 외손자 친구의 부모들 간의 악연 등을 듣고 자신도 모르게 오한이 들었다.

만약 자신도 그 일과 연관이 있었다면 김한수 전 의원과 비슷한 꼴이 되지 않았을까? 하는 생각마저 들었다.

하긴 어쩌면 그럴지도 몰랐다.

성한이 김한수 전 의원까지 포함해 복수를 한 것은 그가 자신의 아들이 벌인 일을 덮으려고 자신에게 압력을 행사했기 때문이었다.

자신이 가진 권력을 이용해 아들이 범죄를 저질렀다는 것을 알면서도 묵인하고, 그것을 덮으려 한 죄 때문에 김병두의 보좌관을 이용해 함정을 파고 나락으로 떨어뜨린 것이다.

물론 정말로 김한수가 자신이 판 함정에 걸려들지는 성환도 예측하진 못했다.

걸려들면 좋고, 그렇지 않더라도 김병두와 이세건은 빠져나갈 수 없을 것이기 때문이다.

아무튼 일이 이렇게까지 진행이 되자 김한수는 물론이고 김병두도 손자와 아들을 위해 자신들을 포기했다.

이 과정에서 이세건도 사건의 내막을 듣고 자신이 빠져나올 수 없는 함정에 빠졌다는 것을 깨닫고 아들 병찬을 위해 재판을 포기한 것이다.

이런 전반적인 내용을 들은 김춘삼은 문득 그 정성환이란 자가 궁금해졌다.

도대체 어떤 인물이기에 정계의 거물인 김한수를 비롯해 현역 국회의원까지 꼼짝 못하게 만든 것인지 알고 싶어졌기 때문이다.

6.
뒷마무리도 깨끗이

원수들의 재판을 보고 온 성환의 행보가 빨라졌다.

김상수와 함께 붙잡힌 칠성파의 공백으로 혼란스러운 부산을 평정하기 위해 김용성을 필두로 만수파와 작두파, 그리고 성환의 밑으로 들어간 동대문파의 일부 조직원들을 부산으로 파견을 보냈다.

물론 아직 몸이 다 낫지 않은 김용성을 위해 경호원을 더 붙여 주기는 했다.

그러니 그가 직접 몸을 쓸 일은 없을 것이다.

또 성환이 아직 몸이 다 낫지 않은 김용성을 보낸 것에는 어느 정도 앞날을 생각해 그를 파견을 보냈다.

서울 근교라면 굳이 그를 보낼 필요가 없지만 부산은 달랐다.

성환이 장악한 서울과 너무 멀뿐더러 어찌 되었든 부산이란 도시는 대한민국에서 서울 다음으로 큰 곳이다.

그러니 어느 정도 힘이 있는 사람이 필요했고, 서울에 있는 조직 중에 부산을 맡아 볼 정도로 믿을 수 있는 사람이 드물었다.

그래서 만수파 2인자인 용성을 그곳으로 보냈다.

역시나 그는 성환의 기대를 실망시키지 않고 금방 부산을 평정했다는 소식을 전해 왔다.

칠성파에 밀려 호시탐탐 기회를 노리던 연안부두파와 자갈치파가 칠성파의 두목과 핵심 전력이 경철에 붙잡혔다는 소식을 듣고 칠성파 구역을 침입하려고 시도를 했지만, 그들은 김용성과 함께 파견된 서울의 조직 연합에 일망타진되었다.

그런데 조금은 우습게도 성환이 의도한 것과 조금은 일이 다르게 진행이 되었다.

성환은 용성을 부산으로 보낼 때, 그가 부산을 장악하고 다스리기를 원했다.

그 정도는 해 줘야 날로 커져 가는 최진혁의 독주를 견제할 수 있기 때문이다.

현재 최진혁은 비록 서울의 지배하는 대조직의 두목이기는 하지만 성환의 안배로 연합의 대표로서 성환과 함께 사업을 논의할 자격을 얻었다.

그러다 보니 가끔 자신이 가진 권한 밖의 일에 눈을 돌릴 때가 있었다.

그것을 이인자인 용성이 조절을 하고 있었는데, 그것도 이제는 조금 힘들어지고 있다.

그 이유는 비록 2인자라고 하지만 지지 기반이 없었기 때문이다.

처음 최진혁이 그의 아버지인 최만수가 죽고 이대 두목으로 올랐을 때만 해도 김용성의 도움으로 두목 자리에 오를 수 있었지만, 시간이 지나면서 특유의 리더십과 행동력으로 모든 조직원들을 그의 밑으로 휘어잡았다.

그러다 보니 더 이상 김용성의 도움을 받을 필요가 없어졌다.

한땐 든든한 보좌역이었지만 지금에 와서는 사사건건 참견하는 시어머니로 전락한 것이다.

물론 최진혁이 그렇다고 막나가는 것은 아니다.

아직도 성환에 대한 두려움을 가지고 있기에 감히 성환의 눈 밖에 날 일은 하지 않지만 그래도 가끔 도가 지나친 행동으로 서울 연합의 단결을 흔들 때가 있었다.

이런 것을 김용성이 그동안 잘 컨트롤 했는데, 최근에는 그것도 어려워졌다.

그래서 성환이 용성의 말에 힘을 실어 주기 위해 부산이란 지역의 책임자로 김용성을 보낸 것이다.

비록 서울과 부산이란 차이는 있지만 진혁은 비슷한 힘을 가진 조직들의 연합의 대표지만 용성은 부산이란 지역의 총 두목으로 격을 올려 무게감을 비슷하게 만들 계획으로 보냈다.

하지만 이것을 김용성이 오해를 하고 부산의 조직들을 서울의 조직과 비슷하게 운영을 하고 있었다.

물론 그것도 나쁜 것은 아니지만 성환은 용성을 불러 자신의 계획을 들려줘 이를 바로 잡았다.

"용성아."

"예, 교관님!"

"네가 진혁을 어떻게 생각하는지는 잘 알겠지만, 이대로 계속해서 네가 진혁의 잘못을 대신 뒤집어쓰는 것은 그를 위한 것이 아니다."

나직한 성환의 목소리에 용성은 긴장을 했다.

용성이 생각하기에 이런 말을 할 정도면 뭔가 결론을 내린 뒤에나 말을 하는 것을 잘 알고 있는 그는 성환의 말에 긴장을 하지 않을 수 없었다.

"내가 보기에 진혁이 요즘 권력에 취해 네 말도 듣지 않는 것 같은데, 네가 그 무게 추를 좀 잡아 줘야겠다."

"음."

직접적으로 말은 하지 않지만 자신보고 진혁의 대항마가 되라는 성환의 말을 못 알아들을 정도로 김용성이 아둔하지는 않았다.

"어떻게 하면 되겠습니까?"

"전에도 얘기를 했지만 난 전국 밤을 밑에 두고 통제를 하려고 한다. 전국에 어떤 일이 벌어지고 있는지 확실하게 말이야."

김용성은 재작년 성환을 샹그릴라 호텔에서 재회를 했을 때, 성환이 했던 이야기를 다시 한 번 듣게 되자 긴장이 되었다.

그때도 느꼈지만 성환의 말이 결코 무모하게 느껴지지 않았다.

하지만 이처럼 빠른 시일에 그 일이 목전에 둘지는 용성도 예상하지 못했다.

그런데 그것도 곧 실현이 될 것 같다.

벌써 서울과 부산을 완벽하게 정리를 해 수중에 넣었다.

대한민국의 수도와 그 다음으로 큰 부산을 통합했다.

이는 대한민국에 산재한 조직들의 세력 중 과반을 넘는 세력이 성환의 수중에 있다는 말과 같았다.

지역적으로야 두 곳이지만, 그 영향력을 생각하면 이미 전국을 통일한 것과 진배없으니까.

조폭들도 사람들이 형성한 세계이기에 서로 얽히고설킨 관계였다.

그러니 서울에 있는 조직이라고 지방에 연고가 없는 것도 아니고, 한 다리 걸치면 다 연결이 되는 것이다.

"요즘 진혁이 너무 앞서 가는 것 같으니 네가 진혁을 좀 조율할 필요가 있다. 이번 일로 진혁의 동생을 치료해주기로 했으니 그러고 나면 내가 그 녀석을 통제할 수단이 없어진다. 그러다 보면 어쩌면 내가 그놈을 폐기하는 경우도 발생할지 모른다."

성환이 폐기란 말을 할 때서야 지금 어떤 상황인지 용성은 깨닫게 되었다.

그동안 진혁이 조금씩 엇나가려고 할 때마다 조언을 하긴 했었는데, 그렇게 해서 성환의 계획에서 크게 벗어나지 않게 조율을 했다고 생각했는데, 성환이 생각하기에는 그게 아닌 듯 보였다.

"알겠습니다. 교관님 말씀에 따르겠습니다. 그런데 제가 최 사장에게서 떨어져 나가면 지금보다 더 막나갈지 모르는데, 괜찮겠습니까?"

"그건 걱정하지 마라! 네가 부산을 확실히 휘어잡기 전까지는 작두를 시켜 진혁을 견제시킬 것이니."

"알겠습니다. 그럼 최 사장에게 그리 말하고 전 부산으로 내려가겠습니다."

"그래, 갈 때 확실하게 믿을 수 있는 심복들을 데려가는 것 잊지 말고."

"예, 그렇게 하겠습니다."

"그럼 가 봐라."

"나가 보겠습니다."

용성은 성환의 지시로 부산으로 내려가게 되었다.

성환은 용성이 나가는 뒷모습을 지켜보다 자리에서 일어났다.

전국의 조폭들을 통합하는 일 중 큰 걸림돌 중 하나였던 부산을 쉽게 차지하게 되었으니 이 후의 일은 저들에게 맡겨두면 될 것이다.

용성이 나가는 것을 지켜보던 성환은 잠시 시계를 돌아보았다.

약속했던 시간이 되었다.

◈   ◈   ◈

"처음 뵙겠습니다."

성환은 생각지도 않았던 서양그룹 회장인 김춘삼으로부터 전화 연락을 받았다.

무엇 때문에 자신을 보려고 하는지는 모르지만 일단 자신과 만나고 싶어 하기에 약속을 잡았다.

뭐 짐작이 가지 않는 것은 아니었다.

하지만 그가 김한수 전 의원처럼 자신의 외손자나 사위의 잘못을 감싸기 위해 자신을 찾는 것이라면 그도 그냥 둘 생각이 없었다.

이번에는 이전 김병두나 이세건에게 했던 것과 다르게 그냥 밤에 찾아가 처리할 계획이었다.

이전에야 시간적 여유가 있어 그들에게 자신들의 잘못이 어떤 것인지 인식을 시키고 자신들이 별거 아니라고 생각했던 일 때문에 어떻게 자신이 파멸하는지 깨닫게 해 주기 위해 시간을 들였지만, 지금은 아니었다.

군과 협약을 했던 프로젝트가 지금 난항을 겪고 있어 늦춰졌다.

그게 김병두의 협작질에 의해, 또 이세건이 김상수에게 의뢰를 한 일이 복합적으로 작용해 그리되었지만 아무튼 조국의 미래를 위해 하는 프로젝트이기에 더 이상 늦춰져서는 안 된다.

이미 주변국들은 비밀리에 뭔가 준비를 하고 있었다.

그것이 대한민국을 겨냥한 것은 아니지만 일단 대한민국에 위협이 되는 일을 꾸미고 있다는 것을 성환도 잘 알고 있다.

하지만 아직까지 대한민국의 위정자들은 그런 것도 모르고 자신들의 이익과 관련된 일에만 눈을 빛내고 나라를 위한 일에는 외면을 하고 있다.

그러니 자신이라도 뜻있는 이들과 맺은 협약을 위해 과감하게 나서기로 했다.

만약 이번에 김춘삼 회장이 사위와 외손자의 일로 자신에게 어깃장을 놓는다거나 자신의 일에 방해를 한다면 결코 좌시하지 않을 것을 다짐하고 이 자리에 왔다.

한편 약속을 잡고 약속 장소에 미리 나가 성환을 기다린 김춘삼은 방문을 열고 들어오는 성환의 모습을 보며 숨이 막히는 느낌을 받았다.

비록 성환이 방으로 들어오면 내공을 이용해 기세를 올린 것은 아니지만, 이미 절대의 경지에 있는 성환의 몸에서 절로 제왕의 기운이 풍겨지고 있었다.

일반 사람들은 이것을 카리스마라 부르고 있지만, 소림의 제자들이나 수양을 많이 쌓은 사람들이 보았다면 제왕지기라 표현했을 것이다.

사실 이것도 성환이 숨기려 했다면 숨길 수도 있는 것이지만 굳이 자신과 친한 사이도 아닌, 어쩌면 척을 질지도 모르는 김춘삼 회장을 만나는 것이지 숨길 이유가 없었다.

그래서 기세를 숨기지 않고 방으로 들어섰다.

그런 성환을 본 김춘삼은 한 번도 느껴 보지 못한 절대의 기운에 숨이 막히는 느낌을 받았다.

그리고 자신도 모르게 긴장을 했다.

그의 경험상 산전수전 다 겪은 자신이 이런 느낌을 받는다는 것은 오늘 만나기로 한 사람이 결코 평범한 위인이 아니란 것을 말해 주고 있었다.

평범한 사람이 아니기에 맨주먹으로 그런 일들을 할 수 있었을 것이다.

대한민국의 정치 일번가에 왕국을 형성했던 김씨 일가를 파멸로 몰아넣은 인물이니 결코 평범할 리가 없다.

이런 것을 다시 한 번 깨달은 김춘삼은 자신의 절반 정도밖에 살지 않은 남자지만 결코 무시하지 않았다.

그만큼 그의 감각이 경고를 보내고 있기에 본능적으로 처음 이 자리를 가지고자 했던 마음을 지우고 자신과 동등한 입장의, 아니, 조금은 어려운 상대를 대접을 한다는 생각으로 성환을 대했다.

"어서 오시오. 서양의 김춘삼이오."

김춘삼이 자리에서 일어나 자신을 소개를 하자 아직 자리에 앉지 않은 상태에서 성환은 그를 대하고 눈을 반짝였다.

"정성환입니다."

성환은 다른 설명 없이 자신의 이름을 그에게 알렸다.

자리가 자리인 만큼 방에는 다른 사람 없이 둘만 자리했다.

괜히 말이 밖으로 새어 나가 봐야 좋을 것이 없기에 들어오기 전 그리 조치를 취해 놓았기에 김춘삼과 정성환은 차분히 다른 사람의 방해 없이 이야기를 할 수 있었다.

"얘기 듣기론 내 외손자의 병을 치료할 수 있다고 하던데?"

"그렇습니다."

김춘삼의 질문에 성환은 간단하게 대답을 했다.

너무도 담담하게 이야기를 하는 성환의 모습에 김춘삼은 속으로 화가 나기도 했다.

  아무리 큰 잘못을 했더라도 그렇게 심한 처벌을 할 수 있는 것인가, 하는 생각 때문에서였다.

  사람은 언제나 주관적으로 모든 일을 판단을 한다.

  자신의 큰 잘못도 타인의 작은 잘못을 먼저 보는 것이 인간이다.

  또 자신이 알고 있는 사람의 잘못은 작은 허물이고 그것에 대한 지적을 하는 사람이나 보복을 하는 사람은 악한 사람이 되는 것이다.

  그것이 인간이고 지금 김춘삼이 그런 생각을 하고 있다.

  "어린 아이에게 너무 심한 것 아니었나?"

  "흠, 어떤 일을 말씀 하시는지 잘 알겠는데, 그게 심한 것이라고 생각하십니까?"

  자신에게 너무 심한 처벌을 한 것이 아니냐는 질문을 하는 김춘삼에게 성환은 도리어 겨우 그것 가지고 심하다 생각하느냐 질문을 했다.

  언제나 판단은 주관적이란 것을 알기에 성환이 그렇게 물은 것이다.

  김춘삼은 그제야 자신이 이 자리에 왜 나왔으며 아픈 손자를 치료해 줄 수 있는 사람이 지금 눈앞의 남자란 것을 깨달았다.

"회장님의 손자는 겨우 몸이 조금 고통을 받는 것뿐이지만, 제 조카나 당시 일을 당한 아이들은 그때 받은 상처를 평생 떠안고 가야 한다는 것을 생각하셔야 합니다."

굳은 표정으로 말을 하던 성환은 잠시 숨을 멈추고 당시 실종되었다던 조카를 발견했던 것이 생각나 좀 흥분했던 것을 해소하기 위해 말을 멈췄다.

그런 성환의 모습에 김춘삼은 자신이 모르는 뭔가 있다는 생각이 들었다.

자신이 들은 정보에 의하면 눈앞의 남자는 절대로 쉽게 흥분하는 사람이 아니었다.

그러니 뱃속에 구렁이 수십 마리는 품고 있던 김한수 전 의원을 그리 쉽게 처리하지 못했을 것이다.

"알겠네, 내가 잠시 실수했네."

일단 자신이 모르는 뭔가 있다는 생각에 사과를 한 김춘삼은 일단 외손자 병찬이 낫는 것이 먼저란 생각을 했다.

"그럼 언제 치료를 해 줄 수 있나? 이야기를 들으니 병찬 아비가 죗값을 달게 받는다면 병찬이를 치료해 주겠다고 했다고 하던데."

성환은 그의 질문에 잠시 침묵을 했다.

전에 김병두를 면회했을 때, 그에게 그런 말을 한 적이 있었다.

"이 모든 것이 그 일 때문이라고?"

"그래, 이건 너와 죽은 그자들이 자식들의 잘못을 덮으려던 일에서부터 시작이 된 것이야. 뿐만 아니라 네놈이 잘못을 뉘우치긴 커녕 내 누이와 조카를 죽이기 위해 살인청부업자를 고용했다는 것도 알고 있지."

성환은 김병두에게 그의 아들과 친구들이 원인 모를 희귀병에 걸린 원인과 그의 집안이 이렇게 풍비박산된 이유에 관해 들려주었다.

"내가 평범한 사람이었다면 결코 이런 일을 벌이진 못했을 거다! 하지만 너희는 몰랐겠지만 난 평범한 것과는 아주 거리가 먼 사람이지."

성환이 담담히 자신이 평범하지 않다는 것을 말하고 있을 때, 김병두의 표정은 점점 검게 죽어 갔다.

성환의 몸에서 피부가 따끔할 정도로 보이지 않는 어떤 것이 자신의 몸을 찌르고 또 짓눌러 오고 있었기 때문이었다.

아무것도 보이지 않지만 마치 보이지 않는 손이 있어 바늘로 피부를 찌르고 또 목을 조르는 느낌을 받았다.

"잘못했어, 내가 잘못했어. 제발 용서해 줘."

김병두는 자꾸만 조여 오는 숨 때문에 괴로워 그렇게 소리쳤다.

조금 전의 발광과 다르게 그 목소리는 너무도 힘이 없었고, 듣는 이로 하여금 안쓰럽게 까지 느끼게 만들었다.

"내가 잘못했으니 제발, 내 아들만이라도 평범하게 살게 해 줘!"

결국 김병두는 자신이나 자신의 아버지는 이미 가망이 없다고 느꼈는지 말을 하였다.

"음."

전혀 생각지 못한 말이었다.

자신만 알고 독선적인 김병두의 입에서 설마 아들을 구해 달란 말을 할 줄은 성환은 상상도 못했다.

그동안 그를 지켜보고 판단하기를 절대 김병두는 자신 외의 사람을 위해 희생할 사람이 아니었다.

그건 그가 국회의원에 당선이 된 뒤로 자신의 아버지를 대하는 것에서 알 수 있었다.

성환은 한시도 김병두의 집안에 대한 시선을 떼지 않았다.

복수를 하기 위해서는 때를 포착해야 했기에 사람을 시켜 하루 24시간 1년 365일 감시를 했다.

그런 과정에서 김병두의 성격을 파악했고, 그런 성격을 이용해 이렇게 빠져나올 수 없는 함정에 빠뜨린 것이다.

그런데 지금 자신의 잘못을 호소하며 자신이 아닌 아들을 구원해 달라는 말을 하자 놀란 것이다.

이에 그가 진정으로 그런 마음이 있는지 시험을 하기로 했다.

"좋아, 기회를 주지."

"뭐든지 하겠습니다. 그러니 제발 제 아들만이라도 평범하게 살게 병을 고쳐 주십시오."

어느 사이 김병두의 말투가 바뀌어 있었다.

"재판장에 가면 검사가 네 죄목을 지적할 것이다. 그럼 그것에 대해 인정을 하면 되는 것이다."

성환은 설마 검사가 제출한 죄목에 대해 모두 인정할 것인지 무척이나 궁금했다.

정말로 그 죄목들을 인정하게 된다면 김병두는 죽기 전에는 감옥 밖으로 나올 수가 없었다.

살인 교사는 물론이고 폭력 사주, 시체 유기와 각종 이권 개입, 그리고 뇌물 수수 및 선거법 위반 등 각종 범죄에 연루가 되어 있으며, 최근엔 탈옥까지 있었다.

그러니 김병두의 형량은 최하 30년 이상이 분명했다.

살인과 시체 유기, 탈옥만 해도 벌써 형량이 30년 가까이 된다.

거기에 폭격 사주와 뇌물 수수 등 각종 범죄에 관한 법률 이반으로 인해 가중될 형량을 생각하면 남은 일생을 감옥에서 보내도 모자를 것이 분명하다.

그런데 항소를 포기하고 그냥 검사가 주장하는 모든 죄목을 인정할 것인지 궁금했다.

"알겠습니다. 그렇게만 하면 정말로 혁수를 치료해 주시겠습니까?"

거듭된 다짐을 받듯 김병두가 그렇게만 하면 김혁수를 치료해 주겠냐고 물었다.

"그렇게만 한다면 내가 치료를 해 주지."

"알겠습니다, 그렇게 하겠습니다."

뭔가 결심을 한 것 같은 김병두의 모습에 성환은 한동안 말을 하지 않았다.

◆　　　◆　　　◆

한참 대화를 하다 멈추고 혼자 뭔가를 생각하는 듯 시선을 다른 곳에 두고 있는 성환의 모습에 김춘삼은 조용히 그런 행동을 지켜보았다.

"아, 이런 실례를 했습니다."

"아니오. 뭔가 중요한 일이 있나 보군."

성환은 예전 김병두의 면회를 갔을 때 나누던 이야기를 생각하다 자신이 있는 곳이 어떤 자리인지 생각을 하고는 얼른 김춘삼에게 사과를 했다.

하지만 김춘삼은 별일 아니라는 듯 성환의 사과를 받았다.

그가 생각하기에 지금 이 자리에서 성환과 얼굴을 붉혀 봐야 손해를 보는 것은 자신이라는 것을 잘 알기에 쉽게 넘어갔다.

"그런데 아까 하던 이야기를 계속해도 되겠나?"

"그러시죠."

김춘삼은 자신이 이룩한 서양그룹의 후계자로 외손자인 이병찬을 눈여겨보고 있었다.

그런 눈치를 알기에 외동딸인 김수희도 병찬을 조금은 극성스럽게 교육을 시켰다.

그 때문에 스트레스가 상당한 이병찬은 스트레스를 해소하는 방편으로 친구들과 어울리면 일탈을 즐겼다.

그런 것을 알기에 김수희나 이세건도 병찬을 굳이 나무라지 않고 뒷일을 해결해 주곤 했었다.

하지만 이번에는 상대가 좋지 못했다.

사실 이병찬이나 김혁수 등은 절대로 머리가 나쁜 인종들이 아니었다.

어려서부터 엘리트 교육을 받으며 자랐기에 매사에 자신들이 감당할 수 있는 것과 그렇지 않은 것을 구별해 사고를 쳤다.

그래서 지금까지 문제가 되었어도 모두 무마시킬 수 있었다.

하지만 이들이 마지막으로 쳤던 사고는 그 범주를 넘어섰다.

아니 그들의 보모인 김병두나 이세건 등도 오판을 했다.

자식들이 사고를 친 아이들이 그저 연예인 지망생 정도로

만 생각을 했지, 그 뒤에 성환과 같은 괴물이 있을 줄은 전혀 예상하지 못했다.

그리고 그런 오판의 대가는 실로 엄청났다.

관계자 두 사람은 목숨으로, 그리고 살아남은 사람들 두 명도 사실 살아 있다고 말할 수도 없었다.

그들은 사회적으로 매장된 즉, 죽은 것이나 다름없는 상태가 되어 버렸다.

더욱이 그들이 감옥에서 출소를 하려면 앞으로 30년은 있어야 나올 수 있을 정도로 중형을 선고받았기에 모범수로 형량이 줄어든다 해도 최소 15년은 감옥에서 복역을 해야만 했다.

그러니 그들의 나이를 감안하면 70이전에는 감옥을 나오긴 어려웠다.

물론 이세건 같은 경우는 김병두와 다르게 집안 자체가 무너진 것이 아니기 때문에 부인인 김수희가 옥바라지를 해 줄 수도 있으니 그나마 나았다.

하지만 김병두는 집안 자체가 풍비박산이 되었기에 그도 힘들었다.

이미 김씨 집안과 연을 맺었던 사람들은 하나같이 그와 연관된 것을 부인하며 연락을 끊었다.

괜히 한꺼번에 덤터기를 쓰고 침몰할 수도 있어 그러하였다.

특히나 그의 부인은 김병두가 탈옥을 했다는 뉴스가 나간 다음 날 바로 이혼 청구를 했다.

이는 김병두의 사돈이 바로 대법원장으로 법조계 집안인데 김병두로 인해 경력에 흠집이 가는 것을 막기 위해 유죄 판결이 내려지기 전 호적을 정리하기 위해 그런 조취를 취한 것이다.

물론 김병두도 감옥 안에서 이미 소식을 들었지만 모든 것을 포기한 상태여서 그런지 별다른 타격을 입지는 않았다.

아무튼 김춘삼은 그렇게 자신의 후계자로 생각했던 외손자가 사회 생활을 하지 못할 정도의 극심한 희귀병에 걸려 모든 것을 포기하고 조카들이나 조카 손자들을 후계로 키워야 하나 하는 생각을 하고 있었다.

그런데 딸로부터 외손자가 나을 수도 있다는 소리를 듣게 되었다.

어찌 되었든 자신의 피가 섞인 피붙이가 자신의 회사를 물려받았으면 하는 생각을 가지고 있었기에 가뭄에 단비라고 희망이 생겼다.

그리고 지금 그것을 알기 위해 손자를 그렇게 만들었다고 하는 성환을 만나 사실인지 물은 것이다.

"그런데 그게 정말로 가능한 것인가?"

"가능합니다."

"건드리기만 해도 고통을 호소하는데 어떻게 치료를 한다는 말인가?"

고칠 수 있다고 하지만 사실 건드리기만 해도 고통을 호소하는 외손자의 모습을 직접 목격을 했기에 쉽게 믿기지 않았다.

하지만 그런 희귀한 병을 만들었다면 고칠 수도 있지 않을까? 하는 생각이 들기도 했지만 그렇다고 이해가 가는 것도 아니었다.

자꾸만 의문을 표하는 김춘삼을 보며 성환은 말보다는 행동으로 보여 주었다.

"제가 어떤 행동을 하든 놀라지 마시고 받아들이십시오."

말과 함께 맞은편에 있는 김춘삼의 몸의 이곳저곳을 손끝으로 짚었다.

성환이 김춘삼의 몸을 건드린 것은 혈도를 짚은 것으로 감각을 예민하게 만드는 것이었다.

"내게 뭘 한 것인가?"

김춘삼은 그저 손끝으로 자신의 몸 이곳저곳을 콕콕 찌른 것에 고개를 갸웃거렸다.

"귀를 기울여 보십시오."

처음 성환의 말이 무슨 말인지 잘 이해를 하지 못했던 김춘삼은 조금 전부터 자신의 귓가에 들리는 작은 소리에 눈살이 찌푸려지고 있었다.

하지만 성환의 말을 듣고 귀를 기울이기 시작했다.

그리고 조금 뒤 놀란 눈으로 성환을 쳐다보았다.

김춘삼이 놀란 이유는 바로 옆방에서 하는 소리가 그의 귀에 또렷하게 들렸기 때문이다.

"이, 이게 어떻게 된 일인가?"

자신의 귀에 들리는 소리에 김춘삼은 경악을 금치 못하며 성환에게 물었다.

김춘삼이 놀란 이유가 단순히 귀에 옆방의 대화 내용이 들려서 그런 것이 아니었다.

그가 이곳에서 성환을 만나기 위한 장소로 잡은 이유가 방음이 잘되어 있다는 것 때문이다.

처음 성환을 기다릴 때도 분명 옆방에 사람이 있다는 것은 알고 있었다.

자신보다 조금 먼저 도착한 사람들이 옆방으로 들어가는 것을 보았기 때문이다.

그런데 조금 전과 다르게 지금은 그들의 대화 소리가 들린다.

조금 전과 다른 점이 있다면 성환이 자신의 몸을 손가락으로 찌른 것뿐이었다.

손가락질 몇 번에 이런 변화라니 김춘삼은 경악을 하지 않을 수 없었다.

놀라는 김춘삼을 보며 성환이 말을 했다.

"지금 옆방에서 하는 소리가 다 들리실 것입니다."

성환의 말에 김춘삼은 고개를 끄덕였다.

그런 김춘삼을 보며 성환은 말을 계속하였다.

"그건 제가 회장님의 청력을 높게 하는 기관의 기능을 향상시켰기 때문입니다. 그런데!"

"그런데?"

"만약 이것을 극대화했다고 한다면 어떻게 되겠습니까?"

"극대화?"

"예, 극대화."

성환의 말을 들은 김춘삼은 극대화란 것을 강조하는 성환의 말에 곰곰이 생각을 해 보았다.

방음이 잘된 옆방의 이야기 소리를 듣는다고 해서 그렇게 이상을 느끼지 못하기에 김춘삼은 아직까지 성환의 말이 어떤 뜻을 가지고 있는지 감을 잡을 수가 없었다.

쾅! 쾅! 쾅!

이때 방문을 부시려는 듯한 큰소리가 들렸다.

문이 열리고 안으로 들어오는 마담을 보며 김춘삼은 인상을 구겼다.

그냥 노크만 해도 될 것을 시끄럽게 소란을 피워 자신의 생각을 방해한 것에 대한 불만을 나타냈다.

그런 김춘삼의 모습을 본 마담은 급히 표정을 굳히며 물었다.

"회장님! 무슨 언짢은 일이도 있으십니까?"

김춘삼은 평소 조용조용했던 마담이 무엇 때문에 이렇게 소란을 피우고 또 큰소리로 말을 하는 것인지 이해를 하지 못했다.

"자네, 내게 무슨 억하심정이 있나?"

"아니 회장님, 그게 무슨 소리십니까?"

"그렇지 않다면 무엇 때문에 그렇게 소란스럽게 안으로 들어오고 또 지금도 소리를 빽빽 지르는 거야!"

조용히 말을 해도 다 들을 것인데 고함을 지르는 것도 아니고 큰소리로 말을 하는 이유를 따졌다.

그런데 이때 마담은 이상한 표정이 되어 일단 사과부터 했다.

서양그룹 김춘삼 회장은 손님이기에 그의 기분을 나쁘게 했다면 그의 기분을 풀어 주는 것이 당연했다.

"제 목소리가 크게 들리셨다면 죄송합니다."

사과를 하는 마담의 목소리도 결코 작지 않았기에 김춘삼의 표정이 풀리지 않고 찌푸려져 있었다.

하지만 지금 김춘삼은 착각을 하고 있었다.

지금 마담은 평소 하던 대로 말을 하고 있었다.

다만 성환이 김춘삼의 혈을 짚어 청각의 능력을 높여 놨기에 그녀의 목소리가 크게 들린 것이다.

그렇지만 아직 이런 것을 인지하지 못한 김춘삼을 그저 마담이 큰소리를 지르고 있다고만 생각해 불쾌하기만 했다.

이때 성환이 나서서 다시 한 번 김춘삼의 몸을 터치했다.

그러자 대박에 김춘삼의 표정이 바뀌었다.

"어?"

자신의 말에 불쾌한 표정으로 일관하던 김춘삼이 놀란 표정을 하자 마담은 고개를 갸웃거렸다.

하지만 지금 김춘삼만큼 놀란 사람은 이 자리에 없었다.

놀란 표정으로 마담과 성환의 얼굴을 번갈아 보다 성환을 한참을 쳐다보았다.

그의 표정은 어떻게 된 것인지 설명을 해 보라는 것이었다.

"이제 아시겠습니까? 손자분이 왜 그런 것인지."

이쯤 되자 김춘삼도 모든 것을 깨달을 수 있었다.

그저 뛰어나게만 느껴졌던 청력이 가까운 곳에서 말을 하니 그것이 고함 소리로 들렸다.

만약 자신에게 걸린 청력이 이보다 더 뛰어났더라면 마담의 말하는 소리가 짜증이 아닌 고통으로 느꼈을 것이다.

그런 의미를 깨달은 김춘삼은 성환을 다시 보게 되었다.

겉으로 보기에 이런 황당한 능력을 가지고 있을 것이라고는 보이지 않았는데, 방금 겪고 보니 성환이 살짝 두려워졌다.

"이제 제 말을 믿으시겠습니까?"

"알겠네! 내 자네 말을 믿겠네!"

방금 겪은 경험으로 자신의 외손자가 어떻게 그런 병에 걸렸는지 실감을 했다.

그리고 어떻게 고칠 것인지도 알게 된 김춘삼은 성환의 말에 수긍했다.

한편 방을 찾았다 단골인 김춘삼 회장의 눈 밖에 날 뻔했던 마담은 안도의 한숨을 쉬었다.

이유가 어떻게 된 것인지는 모르지만 일단 자신이 실수한 것은 아니란 것이 밝혀졌기 때문이다.

"그럼 언제 가능하겠나?"

김춘삼은 하루라도 빨리 외손자가 그런 끔찍한 고통에서 벗어났으면 하는 생각에 물었다.

하지만 성환도 벌여 놓은 일이 있어 바로 고쳐 주겠다는 말을 하진 않았다.

어차피 자신이 갑인 입장이니 그가 자신을 다그칠 수는 없었다.

"제 일이 누군가에 의해 방해를 받는 바람에 늦어졌습니다. 그것을 수습하면 그때 연락드리겠습니다."

직접적으로 말은 하지 않았지만 누군가의 방해라는 말에 그 누군가가 누군지는 말을 하지 않아도 알 수 있었다.

"알겠네, 그럼 연락 기다리겠네!"

일을 수습을 하고 나서 연락을 하겠다는 말에 김춘삼은 한숨을 쉬며 연락을 기다리겠다는 말을 했다.

한편 옆자리에서 꿔다 놓은 보릿자루처럼 두 사람의 대화 내용을 이해하지 못한 마담은 눈만 껌벅이며 두 사람의 대화를 듣고 있었다.

❖　❖　❖

김춘삼 회장을 만난 뒤 성환은 늦춰진 프로젝트를 본 궤도로 올리기 위해 바쁘게 움직였다.

이단 최진혁으로부터 받은 자금으로 특임대가 쓸 약재를 대량으로 구입했다.

그리고 부산을 평정하였으니 인천, 대전, 광주 등 전국의 조직들을 통합하기 위한 구상을 했다.

다만 이것은 최진혁과 서울의 각 지역 두목들의 부상이 다 나은 뒤에 진행하기로 했다.

막혔던 일들을 해결하고 나니 이제야 조금 시간이 났다.

"여보세요. 김춘삼 회장님과 통화할 수 있습니까?"

성환은 시간이 나자 김춘삼에게 연락을 했다.

이미 약속을 했으니 그것을 지키기 위해 연락을 한 것이다.

하지만 대그룹 회장인 그와 통화를 하는 것은 쉬운 일이 아니다.

사전 약속을 잡아야만 통화가 가능한 일이기에 성환은 비서에게 메모를 부탁했다.

어차피 아쉬운 것은 자신이 아닌 김춘삼 회장이기 때문이다.

"그럼 메모나 하나 부탁합니다."

조금은 거만하게 전화를 받고 있는 비서의 태도지만 성환은 그것에 신경 쓰지 않고 자신의 할 말만 전했다.

"KSS경호의 정성환이라고 하는데, 시간 되시면 연락 달라고 전해 주십시오. 중요한 일이니 나중에 문제 일어나지 않게 꼭 전달해 주시오."

자신의 신분을 밝힌 성환은 그렇게 다른 내용 없이 전화를 끊었다.

◈　　◈　　◈

성환이 전해 달라는 말이 잘 전달이 되었는지 통화를 끊은 지 1시간도 되지 않아 김춘삼 회장으로부터 연락이 왔다.

손자의 미래에 관한 문제인데 당연한 반응이었다.

성환은 그런 김춘삼 회장의 전화를 받고 이병찬이 요양을 하고 있는 별장에서 만나기로 약속을 잡았다.

그런데 김병두의 아들 김혁수도 치료를 해야 하고, 이병찬과 김혁수도 치료를 해 주는데, 이왕 치료를 하는 김에 자신의 밑에 있는 최진혁의 동생도 치료를 해 주기로 했다.

괜히 뒤로 미뤘다가 관계만 우스워지는 것보다 언젠가는 치료를 해 주겠다고 약속을 했었으니 이 편이 보기 좋기 때문이었다.

이병찬이 요양을 하고 있다는 별장에 도착한 성환은 주변을 둘러보았다.

확실히 재벌가의 별장이 있는 곳이라 그런지 주변 풍경이 확실히 수려해 보기 좋았다.

뿐만 아니라 산세를 살펴보니 별장이 들어선 부지가 흔히 말하는 명당 중의 명당에 자리하고 있었다.

배산임수는 물론, 좌청룡 우백호의 산맥의 기운이 안정적인 것이 이곳에서 수련을 한다면 다른 곳에서 보다 더 탁월한 효과를 볼 수 있을 것으로 짐작되었다.

하지만 그것도 현대 이기의 발달로 많이 훼손되기는 했지만 그래도 명당이긴 했다.

아무튼 주변을 살피던 성환은 별장 안으로 들어섰다.

연락을 받은 것인지 이병찬의 모친인 김수희가 별장 안에 대기를 하고 있었다.

자신의 아버지에게 이미 연락을 받은 것인지 김수희는 별장 안으로 들어오는 성환의 모습을 보며 뭔가 화가 난 표정을 짓고 있었지만, 뭐라 하지는 않았다.

이때 성환이 들어오는 것을 본 최진혁이 성환을 보며 인사를 했다.

"지금 오십니까?"

성환은 자신보다 먼저 이곳에 와 있는 진혁을 보며 고개를 끄덕였다.

"그래, 모두 준비되어 있나?"

"예, 모두 이층에 있습니다."

"알았다."

진혁에게서 치료를 받을 이들이 이층에 대기를 하고 있다는 말을 듣고 올라갔다.

그때까지도 김수희는 이를 악물고 뭔가 할 말이 있는데, 참는다는 듯 성환을 노려보고만 있었다.

그런 김수희의 모습을 보긴 했지만 성환은 별다른 말을 하지 않았다.

어차피 그녀와 자신은 더 이상 볼일이 없었다.

뭐 굳이 그녀가 문제를 일으킨다면 그만한 보답을 해 주면 되는 것이기도 하니까 말이다.

그리고 보복을 할 때는 이미 그녀의 아버지인 김춘삼 회장에게 경고를 했던 그대로 지금 그녀의 아들이 겪고 있는 고통을 그대로 돌려 줘도 될 것이고, 그것도 아니면 그냥 자연사 한 것처럼 꾸며도 될 일이다.

성환은 더 이상 이런 개인적인 일로 머뭇거리지 않기로 결심을 했기에 앞으로 자신의 행보를 가로막는 자들이 있다면 과감하게 대응을 하기로 결심했다.

이층에 올라간 성환의 앞에 김혁수를 비롯한 이병찬과 최종혁이 침대에 누워 불안한 눈으로 방으로 들어선 성환을 보았다.

꿀꺽!

누구의 입에서 난 소린지는 모르지만 마른침을 삼키는 소리가 요란하게 들렸다.

긴장을 하며 자신을 쳐다보는 이들을 보던 성환은 나직하게 말을 했다.

"다시 만나게 되었군."

방 안에 성환의 말이 울려 퍼지고 있지만 어느 누구도 성환의 말에 대답을 하고 있지 않았다.

"네 아버지들과 약속을 했으니 너희를 정상으로 만들어 줄 것이다. 하지만……."

성환을 지켜보고 있던 이들은 침을 꼴깍 삼키며 성환의 입만 주시했다.

"너희가 또 그딴 짓을 했을 땐 너희들 상상에 맡기겠다."

간단하게 경고를 한 성환은 한 명씩 예전 혈을 짚었던 역순으로 혈도를 풀어 주었다.

너무도 간단히 끝내 버리고 밖으로 나가자 이병찬이나 김혁수 등은 자신들이 정상이 된 것인지 아닌지 알 수가 없었다.

이때 최종혁이 자신의 몸을 살피다 비명을 지르듯 고함을 치며 기뻐했다.

"악! 안 아프다. 안 아파! 흑흑흑!"

평소라면 누군가 자신의 몸을 만지면 무척이나 고통이 오래갔는데, 성환이 자신의 몸을 터치하고 나간 뒤에도 고통이 찾아오지 않았다.

참기 힘든 고통에서 벗어나자 최종혁은 자신도 모르게 눈물이 흘렀다.

그런 종혁의 모습에 병찬이나 김혁수도 자신의 몸을 살피기 시작했고, 조금 뒤 자신들의 몸이 영원할 것 같던 고통에서 벗어났다는 것을 알게 되자 기쁨의 눈물을 흘렸다.

한편 일층에 있던 이들은 성환이 이층에서 내려온 뒤 그에게 자식들의 상태를 물었다.

하지만 성환에게서 어떤 말도 듣지 못했다.

그렇지만 조금 뒤 들려오는 고함 소리와 우는 소리에 이층으로 뛰어올라갔다가 그들이 울고 있는 모습을 목격했다.

처음 그들이 울고 있는 것에 뭔가 잘못된 것은 아닌지 걱정을 했지만, 조금 뒤 이상하다는 생각이 들었다.

"무슨 일이야! 왜 울고 있어?"

김수희는 이병찬을 보며 물었다.

병찬의 반응이 자신의 예상과 다르기에 혹시 잘못된 것은 아닌지 물었다.

그런데 들려온 대답은 정반대였다.

"엄마! 나 안 아파! 아프지 않다고!"

최진혁도 말은 하지 않았지만 병찬의 말을 복도에서 듣고 있었다.

그가 정상이 되었다면 자신의 동생도 이젠 정상이 되었을 것으로 판단이 되었다.

비록 자신과 관계가 좋지 못한 동생이라고 하지만 그래도 핏줄이라 걱정을 했다.

그런데 최종혁이 이젠 정상이 되었으니 어느 정도 가슴 깊은 곳에 묻어 둔 마음의 짐을 덜 수 있었다.

7.
새로운 사업

방해 요소를 모두 처리한 성환은 세창이 요구한 특임대 양성을 위한 준비에 들어갔다.

　"프로젝트 진행 상황은 어디까지 진척이 된 거야."

　"일차 선발대원들은 모두 섬에 집결했습니다. 그리고 사장님께서 준비한 프로그램에 따라 훈련을 하고 있습니다. 하지만 아직 약재가 완벽하게 준비되지 못해 차질이 빚어지고 있습니다."

　"차질이라니?"

　성환은 재원의 말에 고개를 갸웃거렸다.

　자신이 중국에서 입국하자마자 그 문제는 해결해 주었는데, 다시 약재 문제로 심재원이 특임대 양성에 차질이 있다는 보고를 했다.

"사장님께서 준비해 준 약재의 재고가 일주일 분량뿐인데, 아직 다음 수량이 섬에 들어오지 않아⋯⋯."

심재원은 현재 섬에서 훈련받고 있는 특임대가 복용할 약의 재고가 일주일치뿐이 남아 있지 않아 일주일 후면 준비된 약이 모두 소진된다는 보고를 했다.

그 이야기를 들은 성환은 고심을 하게 되었다.

사실 특임대가 사용하는 약재는 특별한 것들이다.

산삼은 물론이고, 영지 등 갖가지 영약을 포함, 독이 들어 있어 허가증이 필요한 독초들도 있었다.

그렇기에 쉽게 구해지는 물건들이 아니었다.

그러다보니 한 달 전에 물건들을 구해 줬는데도 벌써 소비된 것이다.

하긴 예전 S1을 양성하던 때와 다르게 거의 10배에 가까운 인원을 양성하려고 하고 있으니 그에 들어가는 수량도 만만치 않았다.

그동안 김병두의 일로 신경을 쓰지 못했으니 이런 일이 벌어진 것이다.

"알았다. 내 조치를 취할 테니 걱정하지 말고 기다려."

"알겠습니다."

성환은 기다리란 말을 했지만 골치가 아파 왔다.

특임대를 양성하기 위해 들어가는 약재가 결코 쉽게 구해지는 것들이 아니기 때문이다.

세창의 요청으로 너무 급하게 일을 추진하다 보니 이런 일이 벌어졌다.

애초에 이렇게 대규모로 특임대를 양성할 것이 아니라 처음에는 그냥 예전 S1을 준비하던 것처럼 준비를 했어야 했는데, 마음이 급하니 너무 규모를 키워 버려 벌어진 일이다.

'흠, 어떻게 한다.'

한참을 고심해 보지만 뚜렷한 해결책이 보이지 않았다.

그렇다고 이렇게 가만히 있을 수는 없었기에 일단 진혁을 찾아가기로 했다.

일단 자신보다는 발이 넓은 그가 부족한 것들을 알아보는 데 자신보다는 빠를 것이라 생각되 진혁을 만나러 갔다.

성환이 자신을 만나러 온다는 것도 모르고 진혁은 회전의자에 앉아 무언가를 만지작거리고 있었다.

"참으로 신통방통한 물건이란 말이야!"

진혁은 자신의 손안에 있는 작은 플라스틱 통을 만지며 중얼거렸다.

그가 들여다보고 있는 것은 진혁이 예전 김상수의 사주로 칠성파의 습격을 받아 부상을 입고 요양을 하고 있을 때, 성환이 들려서 주고 간 물건이다.

외상 치료에 특효인 연고라고 들었는데, 쓰고서 그 효능에 반해 상처가 다 낫았음에도 들고서 보고 있는 중이다.

"이거 잘만 하면 돈을 쓸어 모을 텐데."

한참 연고를 들고 쳐다보던 진혁은 어떻게 하면 이것을 가지고 돈을 벌어 볼까? 궁리를 했다.

최진혁도 성환을 보면서 조폭도 예전 구역을 가지고 돈벌이를 하는 것이 아닌 사업을 해야 한다는 것을 깨달았다.

물론 예전처럼 보호비를 걷고 하는 일도 병행을 하고 있지만, 그것만으로는 거대해진 만수파를 운영할 수 없었다.

구멍가게와 같은 조직이라면 보호비라 술집 운영으로 충당이 되겠지만, 마약 유통을 전면 금지시킨 성환으로 인해 다른 수입원을 필요로 했다.

뭐 만수파에는 샹그릴라 호텔과 같은 사업체도 있고, 또 서울의 조직들과 공동으로 출자해 건설업체도 운영을 하고 있었다.

하지만 그것만으로는 부족하다고 느꼈다.

전국 조직들 중 최고의 자리에 오른 자신인데, 자신의 부하들에게 쓰는 돈은 다른 조직들과 비슷했기 때문이다.

더 많은 돈을 벌어 부하들에게 폼 나게 돈도 풀고 해야 하는데, 그러지 못하고 있다.

이 때문에 현재 최진혁이나 다른 조직의 두목들도 성환으로 인해 마약이나 인신 매매, 장기 밀매와 같은 일을 하지 못하는 관계로 수입이 예전만 못했다.

아무튼 요는 현재 최진혁이 돈 되는 일을 찾고 있는 중에 이 외상 치료재가 눈에 들어온 것이다.

정말이지 효능은 최진혁 자신이 써 봐서 알고 있으니 이것만 만들어 팔면 돈은 그냥 갈퀴로 긁어모으는 것이나 다름없었다.

더욱이 마약과 같은 불법 물질도 아니니 충분히 돈이 될 것이란 생각에 일단 성환을 만나 이것에 대해 말을 해 보기로 했다.

이런 생각을 하고 있을 때 비서가 성환이 왔음을 알렸다.

—띠! 사장님, KSS경호의 정성환 사장님 오셨습니다.

"안으로 모셔!"

진혁은 얼른 자리에서 일어나 성환이 들어오는 것을 맞았다.

"어서 오십시오."

"잘 있었나?"

"예, 염려해 주신 덕에 몸도 다 나았습니다."

진혁은 성환의 인사를 받으며 얼른 대답을 했다.

"그래 상처는 다 나았다고?"

"예, 그런데 이거 어디서 난 것입니까? 무척 좋던데요?"

연고에 대한 말을 어떻게 할 것인가 궁리를 하던 진혁은

이렇게 성환이 자신의 안부를 물어 오자 옳다구나 하고 은연
중 연고의 출처를 물었다.

"이런 것을 진작 알았다면 좋았을 텐데 말입니다."

한편 최진혁이 이렇게 연고에 대해 물어 올 줄 몰라 당황
한 얼굴로 그의 얼굴을 쳐다보았다.

"내, 내가 만들긴 했다만, 그게 중요한 것이 아니라 네가
좀 나서 줘야 할 일이 있어 찾아왔다."

성환은 진혁의 반응에 조금 당황하긴 했지만 자신이 그를
찾아온 목적을 잃을 정도는 아니었기에 진혁의 말을 중간에
끊고 자신의 볼일을 말했다.

"어떤 일입니까?"

어차피 자신은 성환이 시키면 해야 되는 입장이니 뭉그적
거리기보다는 적극 나서기로 결심하고 물었다.

방금 전 연고를 직접 만들었다고 하니 잘만 하면 뭔가 떨
어지지 않겠는가?

만약 그 연고를 만드는 비법만 알아낸다면 완전 대박이 날
것이 분명했으니 얼른 대답했다.

"여기 이 약재들을 좀 수배해 봐라."

성환은 말을 하며 품에서 섬에 들어가야 할 약재들의 품목
을 적어 온 종이를 진혁에게 넘겼다.

"흠."

성환이 넘기는 쪽지를 펼쳐 본 진혁은 종이에 적힌 약재

목록에 놀랐다.

그리고 더욱 놀란 것은 희귀한 산삼이나 영지 같은 물품 때문에 놀라기도 했지만 그 수량 때문에 더욱 놀랐다.

'무슨 산삼이 인삼 뿌리도 아니고, 이렇게 많이 필요해?'

아닌 게 아니라 성환이 적어 준 쪽지에는 엄청난 수량의 숫자들이 적혀 있었다.

아마 전국에 있는 산삼을 모두 모아도 이 정도 수량을 맞추기란 힘들 듯 보였다.

"저, 언뜻 봐도 국내에 있는 모든 약재들을 모은다 해도 이 정도 수량을 맞추긴 힘들 것 같습니다."

진혁은 진정으로 힘들다 생각해 성환에게 그대로 말을 했다.

전문적으로 이런 약재를 다루지는 않지만 그래도 조폭 두목이다 보니 여러 방면에서 알게 모르게 이런 물건들이 뇌물로 들어오거나 또 뇌물로 사용을 했다.

그러다보니 전국에 유통되는 산삼과 같은 귀한 영약의 유통에 관해서 알고 있었다.

진혁의 말에 성환은 고심을 했다.

자신보다는 그래도 사회 경험이 풍부한 진혁이 잘 알 것 같아 그에게 부탁하려고 적어 왔는데, 어렵다는 말을 하고 있어 고민에 빠졌다.

"안 되겠나?"

다시 한 번 물어봤지만 진혁에게서 들려온 대답은 회의적인 대답이었다.

"다른 것은 어떻게 해 보겠지만, 여기 산삼하고 영지 같은 경우는 어렵습니다. 이것들은 진짜 하늘이 도와야 하나 볼 수 있다고 알려진 영약들이라 이 정도 수량이라면 1년 동안 유통되는 양보다 많습니다."

자신이 필요로 하는 양이 설마 대한민국에서 한해 유통되는 수량보다 많을 것이라고는 생각지 못했던 성환은 낯빛이 좋지 못했다.

'어떻게 해야 하지?'

자신이 적어온 수량은 정말이지 최소 한도의 품목이었다.

그런데 그것이 1년 동안 유통되는 수량보다 많다고 하니 걱정이 되었다.

그렇다고 이제와 특임대의 숫자를 줄일 수도 없었다.

이미 계획이 진행되고 있는데, 중간에 숫자를 줄인다는 건 그동안 들어간 예산을 낭비하는 것과 다름이 없었다.

고민을 하는 성환의 모습을 지켜보던 진혁은 조심스럽게 말을 꺼냈다.

"저, 교관님…… 방법이 없진 않은데 말입니다."

"응?"

갑자기 방법이 있다는 말에 성환은 생각에서 벗어나 진혁을 돌아보았다.

조금 전에는 수량이 많아 방법이 없다고 했는데, 지금은 방법이 있다고 하니 자신을 놀리는 것은 아닌가, 하는 생각마저 들었다.

"어떤 방법이 있다는 것이지?"

"그것이, 꼭 국산이 아니더라도 약효만 비슷하다면 외국에서도 산삼이나 영지와 같은 약초가 나오기는 하는데 말입니다."

"외국산 산삼?"

성환은 한 번도 이런 것은 생각해 보지 않았다.

설마 외국에서도 산삼이 날 것이라고는 예상하지 못했다.

예상치도 못한 말에 성환은 잠시 생각에 잠겼다.

확실히 산삼이란 것이 꼭 한국 땅에서나 자라라는 보장은 없었다.

그러고 보니 자신이 얻은 고대 서책들은 많은 것들이 중국의 문헌들이었다.

즉, 그 말은 그 책에 나왔던 약재들은 따로 산지가 표시된 것이 아니라면 모두 중국에서 난 것이 분명했다.

그런 생각이 들자 머릿속이 환해졌다.

"맞아! 굳이 한국에서 난 것만 고집할 필요는 없지."

"맞습니다. 국산보다 약효는 떨어지지만 중국산 산삼도 있고, 또 그게 안 된다면 백두산에서 난 산삼이나 영지를 구입할 수도 있습니다."

진혁은 다른 지역의 것들도 구입할 수도 있다는 말을 하였다.

확실히 한국에서도 백두산 약초는 알아주는 영약들이었다. 국내에서 난 것보다도 더 가치를 쳐 주지 않던가?

물론 그것이 지금은 북한 땅에서 나는 것들이라 공식적인 유통은 불법이지만 중국을 통해 들여오면 되는 것이니 문제 될 것은 없었다.

"좋아, 그럼 중국에서 들여오는 것으로 좀 알아봐."

"알겠습니다."

대답을 하고는 자리에서 일어나 어딘가로 연락을 하기 시작했다.

한참 통화를 하던 진혁은 통화를 하던 사람에게 잠시 기다리란 말을 하고 성환을 돌아보았다.

"잠시 기다려봐! 저 교관님."

"무슨 일이야?"

"그게 그러니까…… 개인이 손질을 하는 것보다는 법인을 통해 손질하는 것이 좀 더 싸다고 하는데 어떻게 하시겠습니까?"

느긋하게 진혁이 통화를 하는 것을 지켜보고 있던 성환은 느닷없는 진혁의 말에 고개를 갸웃거렸다.

법인으로 손질을 하면 비용이 절감된다는 말에 잠시 생각을 해 보았다.

그리고 곧바로 대답을 했다.

비용을 절감할 수 있다고 하는데 군이 개인 명의로 구입할 것이 아니라 법인을 만들지 못할 이유도 없었다.

더욱이 법인을 만들게 되면 자신을 드러내지 않아도 되니 오히려 더 좋은 제안이었다.

"그렇게 해."

"그럼 법인은 어떤 이름으로?"

진혁의 물음에 일단 법인을 만드는 것이 우선이란 생각에 잠시 일을 중단시켰다.

"일단 법인을 만들어야 하니 지금 통화를 끝내고 말하자고."

"알겠습니다."

진혁은 성환의 말을 듣고 나중에 통화하자고 말을 하고 통화를 끝냈다.

통화를 마친 진혁은 조심스럽게 다시 한 번 성환에게 자신의 생각을 말했다.

"교관님, 이왕 법인을 만들기로 했는데, 그냥 제약사를 하나 설립하는 것이 어떻습니까?"

"제약사?"

"예."

"무슨 이유라도 있나?"

성환은 진혁이 제약사를 설립하자는 말을 꺼내자 그 이유를 물었다.

그런 성환의 물음에 진혁은 자신의 생각을 말했다.

"솔직히 이것 때문에 말씀 드리고 싶기도 했습니다."

진혁은 말을 하면서 전에 외상 치료제라며 성환이 주었던 연고를 성환의 앞에 들이밀었다.

그런 진혁이 내민 것을 보며 의문을 느끼며 쳐다보았다.

"이게 왜?"

"그게 그냥, 약효가 다른 외상 치료 연고와는 다르게 약효가 탁월하더군요."

"그렇지."

성환은 진혁의 말에 고개를 끄덕이며 말을 했다.

사실 진혁에게 준 연고는 소림에서 본 고서 적혀 있던 내용을 참조해 성환이 만든 연고였다.

옛날 소림사의 무승들이 수련을 하거나 부상을 당했을 때 상처에 바르던 것으로 성환이 시험적으로 만들어 본 물건이었다.

약효가 뛰어나다면 KSS경호의 경호원들에게 지급할 예정으로 만든 것이다.

그런데 진혁의 반응으로 봐서 그 물건이 자신의 생각보다 뛰어난 듯 보이니 성환의 머릿속이 빠르게 돌아가기 시작했다.

그러고 보니 진혁이 전에 입었던 상처들이 모두 치유되어 자세히 보지 않으면 상처를 입었는지 알 수 없을 정도로 나아 있었다.

"흠 그러고 보니 네 상처가 다 치유되었군."

"예, 그래서 아까 이것의 출처를 여쭈어 본 것입니다."

진혁의 이야기를 들은 성환은 고개를 끄덕이며 은근히 욕심이 나기도 했다.

그러고 보니 그냥 이대로 사장시키기에는 아깝다는 생각도 들기도 했다.

이런 것이 있다면 일반 시중에 있는 외상 치료제보다 훨씬 뛰어나니 잘 팔릴 것이고, 두루두루 사람들에게 도움이 될 것이다.

이런 생각을 하니 조금 전 진혁이 말한 대로 제약사를 설립하는 것도 나쁘지 않다는 생각이 들었다.

자신이 알고 있는 약들은 그것들 말고도 많았다.

그중에는 현대에 쓰는 마취제보다도 좋은 것들도 있었고, 또 몸에 좋은 약들도 많았다.

이런 생각들이 떠오르기 시작하더니 급기야 성환의 마음도 제약사를 설립하는 쪽으로 기울었다.

◈　　◈　　◈

일은 일사천리로 진행이 되었다.

성환이 준비하라고 지시한 제약 회사가 생각보다 빠르게 준비가 되었다.

불과 2개월 만에 준비가 되었는데, 이렇게 빠르게 준비를 마칠 수 있었던 이유는 바로 재정 적자를 겪고 있는 제약사를 인수했기 때문이다.

어차피 성환이나 최종혁은 제약사 운영에 관해서 알지 못한다.

다만 필요에 의해 제약사가 있으면 했기에 새로 제약사를 설립하기보다는 기존의 제약사 중에 재정적으로 도움이 필요한 곳을 찾아 자신들의 입맛에 맞게 구입을 하였다.

그런데 제약사를 가지게 되니 생각 외의 효과가 있었다.

그건 굳이 한꺼번에 많은 수량의 약초를 구입하지 않고 필요할 때 필요한 만큼 약재를 구매하면 되었기 때문이다.

그 말이 무슨 말인가 하면, 전에 성환이 최진혁을 통해 약초들을 대량으로 사들인 것은 자신이 직접 필요한 약으로 연단을 해야 하기에 한꺼번에 많은 양을 준비해 한 번에 대량으로 만들었다.

하지만 지금은 여건이 변해 제약사를 통해 연단이 가능해졌다.

물론 핵심 비법은 성환이 직접 하지만, 약초의 분배나 세척 등 간단한 것과 약초 배합 등을 제약사에게 할 수 있어 성환은 중요한 공정을 할 때만 작업을 하면 되었다.

그렇게 하니 성환은 개인적으로 약초를 연단한다고 많은 시간을 뺄 필요가 없어졌다.

그리고 무엇보다 제약사를 하나 운영하게 되다 보니 섬에서 훈련을 받고 있는 KSS경호의 신입들이 갈 일자리가 마련이 된 것이다.

3개월에 한 번씩 섬에서 훈련을 마치고 신입들이 30명씩 수료를 했다.

전에는 성환이 필요할 때마다 50―100명을 훈련을 시켰었는데, 지금은 KSS경호에도 자리를 만들 수가 없어 골치가 아팠다.

물론 특임대로 빠진 인원 때문에 이번 기수까지는 수용이 가능했지만, 다음 기수는 갈 곳이 없었다.

처음 취지가 청소년들이 조폭의 세계로 들어오는 것을 줄이고, 또 필요한 인원을 만든다는 취지에서 섬에 훈련소를 만들었다.

그런데 처음 만수파와 진원파에서 시작했던 것이 백곰파와 동대문파를 장악하고 이제는 서울의 모든 지역을 장악하다 보니 점점 그 인원이 많아졌다.

설립 2년째로 들어가는 KSS경호지만, 벌써 소속 경호원의 숫자는 300이 다 되어 간다.

이건 특별경호팀을 뺀 숫자이니 경호 회사치고는 엄청난 숫자가 아닐 수 없다.

아무튼 이번 제약사 설립으로 성환은 KSS경호뿐 아니라 (주)의선제약을 가지게 되었다.

의선제약은 주식회사 형식으로 만들었는데, 기존 사장 5%, 서울 조직연합이 10% 그리고 최진혁과 김용성이 각각 5%씩 해서 10%를 출자했고, 남은 75%의 자금은 성환이 출자해 설립했다.

물론 성환은 75%의 주식 중 25%에 해당하는 주식을 우리 사주로 풀었다.

기존 제약사에 근무하던 연구원들과 직원들은 전 제약사가 재정 위기를 겪을 때 받지 못한 월급과 성과급의 보상 차원에서 지급한 것이다.

물론 한꺼번에 자금이 풀리면 성환도 어려움을 겪을 수 있기에 우리 사주를 보너스 대신 지급을 하는 조건으로 밀린 임금은 기존 월급의 80%를 받는 조건으로 주식을 풀었다.

처음 제약사를 인수하고 이런 조건으로 급여를 지급한다는 말에 말들도 많았지만, 일단 3개월간 미지급된 월급의 80%가 지급된다는 말에 직원들은 받아들일 수밖에 없었다.

사실 임금이 이렇게까지 밀렸는데 새로 인수한 회사에서 자신들을 고용 승계하고 또 급여를 지불하는 것만도 이들에게는 행운인 것이다.

일부 중소기업들은 이렇게 직원의 임금이 몇 개월 밀리게 되면 고의로 부도를 내고 잠적하는 경우도 있었다.

그런데 다니던 회사가 다른 사람에게 인수인계되고 또 고용 승계가 되어 새 직장을 알아보지 않아도 될 뿐 아니라, 비록 적긴 하지만 밀린 임금의 80%를 받았고, 또 차액만큼 주식으로 받았으니 그리 불만이 일지는 않았다.

받은 주식이 나중에 어떻게 변할지는 모르지만 일단 수중에 돈이 들어왔다는 것이 더 좋았기 때문이다.

아무튼 성환은 기존 제약사의 이름을 의선제약으로 상호를 바꾸고 생산되는 제품의 숫자를 확 줄여 버렸다.

작은 제약사다 보니 이름이 알려지지 않아 잘 팔리지도 않는 제품을 만들던 것을 탈피하고 주력 상품 몇 가지만 생산하기로 했다.

생산되는 제품에는 최진혁이 돈이 될 것이라 생각했던 외상 치료 연고도 포함이 되었다.

다만 그것은 일반 시중에 널린 외상 치료 연고보다 효능이 탁월한 대신 생산 비용도 수십 배나 높았다.

그 때문에 가격 대비 성능비의 최적 조건을 찾느라 많은 연구를 해야만 했다.

그리고 이 외상 치료제는 다양한 제품으로 만들어 군납을 하게 되었다.

물론 그 과정에서 국군정보사령부의 최세창 대령을 통한 것은 두말할 나름이 없었다.

어차피 군에 외상 치료제가 필요한 것이 당연했고, 성환이 개발한 외상 치료제의 탁월한 성능이 있기에 군납이 되는 것은 당연했다.

그것 외에도 몇 가지 더 생산을 하였는데, 그중에는 특임대 양성에 필요한 약품을 만들고 남은 부산물을 사용해 만드는 건강 음료가 있었다.

그런데 그것의 임상실험 반응이 너무도 좋았다.

확실히 영초들의 잔해라 해도 영초는 영초인지 맛과 향이 뛰어났던 것이다.

◈　　◈　　◈

M&S엔터가 건물 앞 성환은 잠시 입구에서서 건물을 쳐다보았다.

"휴……."

한참 건물을 보던 성환은 자신도 모르게 한숨을 쉬었다.

우연히 M&S엔터가 어려움에 처해 있다는 것을 알게 되어 조카를 생각하는 마음에 지원을 했다.

정말이지 그건 전적으로 성환이 연예계를 알아서 지원을 한 것이라거나 아니면 M&S엔터가 회생 가능하기에 지원한 것이 아니다.

그저 자신도 모르게 당시 생겼던 변덕 때문에 재정 지원을 했을 뿐이다.

그러다 우연히 준비 중인 트윙클이란 아이들을 알게 되었다.

그 아이들은 자신의 조카와 함께 연습생 생활을 하며 데뷔를 준비하던 아이들이란 것을 알게 되어서는 그 때문에 조금 신경을 써 지원을 했었다.

그 때문인지 트윙클 멤버들은 성환은 친삼촌처럼 대하며 가끔 자신을 보면 투정을 부리듯 어리광을 부리곤 했었다.

이 때문에 성환은 예전에 잃어버렸던 인간의 정을 다시 한 번 느끼게 되었다.

그래서 그런지 성환은 시간이 날 때마다 M&S엔터를 찾았다.

하지만 그것도 올해 초 이혜연 사장 납치 사건이 있고부터 조금 관계가 애매해졌다.

다른 것이 아니라 이혜연 사장의 딸 즉, 이혜연 사장과 고 최신규 사장 사이에서 난 딸 유리 때문에 관계가 좀 이상해져 버린 것이다.

사실 이혜연 사장과 성환은 아무런 관계도 아니었는데, 우연히, 정말이지 우연히 M&S엔터에 들린 성환을 보고 유리가 성환을 부른 호칭 때문에 M&S엔터 내에 이상한 루머가 돌았다.

그건 바로 성환과 이혜연 사장의 결혼 이야기였다.

무엇 때문인지 유리는 성환을 처음 보았을 때부터 성환을 아빠라 불렀다.

이혜연 사장이 아무리 고쳐 보려 했지만 무엇 때문인지 유리는 고집을 피우고 끝까지 성환을 자신의 아빠라 불렀다.

이것 때문에 이혜연은 정말이지 어떻게 해야 할지 난감했었다.

이혜연이 난감했던 것은 성환에게 구함을 받은 뒤 조금은 성환이 신경이 쓰였는데, 자신의 딸까지 그를 아빠라 부르니 정말이지 성환을 볼 때마다 가슴이 두근거렸기 때문이다.

그뿐이면 그런 대로 참았을 것인데, 그렇게 성환을 볼 때마다 신경이 쓰이고 급기야 성환이 다른 여자들과 이야기를 하고 있으면 자신도 모르게 신경질이 났던 것이다.

이 때문에 성환과 이혜연 사이에 신경전 아닌 신경전이 벌어지게 되었다.

물론 성환은 별 상관을 하지 않지만 어쨌거나 이혜연은 여자이지 않은가?

여자인 이혜연이 신경을 날카롭게 세우고 있다 보니 성환도 M&S를 찾는 것이 조금씩 서먹서먹해지기 시작했다.

그래서 한동안 출입을 하지 않았는데, 그런 성환에게 아영이 전화를 한 것이다.

"삼촌! 어떻게 그럴 수 있어요. 저희 얼굴 본 것이 얼마나 됐는지 아세요?"

단단히 날이 선 아영의 목소리에 성환은 자신도 모르게 움찔할 정도였다.

정말이지 멀리 떨어진 수진을 대신해 자신의 조카가 된 트윙클 멤버들, 생각해 보니 그들을 본 것이 정말로 오래되었다.

중국에 가기 전이니 벌써 4개월도 더 전이었다.

"하……"

다시 한 번 한숨을 쉬고 건물 안으로 들어갔다.

그래도 오랜만에 찾아가는 길이니 양손에는 그들에게 줄 선물이 들려 있었다.

그중에는 의선제약에서 에너지 드링크가 있었는데, 상당히 좋아할 것이 분명했다.

일명 약선 드링크라 이름 지어진 이 에너지 음료는 특임대 양성에 필요한 약을 만들고 남은 혼합물의 잔여물에 홍삼액을 첨가해 먹기 편하게 드링크로 만든 것이다.

일반 카페인이 든 에너지 드링크와 다르게 부작용도 없을 뿐 아니라 피로 회복은 물론, 긴장 완화의 효과도 있었다.

특히나 수험생들은 이 약선 드링크를 스팀팩이란 이름으로 부르기도 했다.

이는 모 게임의 스킬 이름인데, 이것을 사용한 게임 캐릭터처럼 드링크를 마시면 머리가 팍팍 돌아가 집중력이 높아져 이렇게 부르는 것이다.

이 때문에 수험생들 사이에서는 이 약선 드링크를 박스로 쌓아 두고 공부를 한다고 할 정도였다.

수험생들이 이러다 보니 수험생을 자녀로 둔 학부형들은 이 약선 드링크를 사기 위해 전국을 돌아다닐 정도였고, 일부 열성 학부형들은 의선제약 본사에 전화를 하여 예약을 할 정도로 극성이었다.

아무튼 수험생은 물론, 일부 야근을 하는 직장인들에게도 이 약선 드링크의 인기는 엄청난 것이다.

그러니 아마도 몸을 혹사하는 트윙크 멤버들이나 M&S엔터의 연습생들에게 성환이 들고 가는 선물을 기꺼워할 것이 분명했다.

◈　　◈　　◈

쿵쿵쾅! 쿵쿵쾅!

스피커에서 울리는 음악 소리에 맞춰 청소년들이 춤을 추고 있었다.

그리고 그런 청소년들을 지켜보는 여러 시선들이 있었다.

탁!

"그만! 다음 팀!"

소리를 치는 사람은 춤을 추던 청소년들의 앞에 앉아 있었는데, 뭐가 불만인지 미간에 주름이 잔뜩 잡혀 있었다.

"최 실장! 요즘 아이들이 많이 부실하네!"

이혜연은 연습생들의 월말 평가를 하고 있는데 아이들의 상태가 전달과 별반 달라진 것이 없어 보였기에 이런 말을 하였다.

그런 이혜연의 말을 들은 최나영은 미간에 골이 더욱 깊어졌다.

자신도 그렇게 느끼는데, 사장인 이혜연이 느끼지 못하는 것은 말이 되지 않는 일이었다.

도대체 뭐가 문제란 말인가?

이젠 어느 정도 재정적 여유가 생겨 트레이너도 전성기 때보다는 못하지만 그래도 많이 충원을 해 일대일 레슨이 가능해졌다.

물론 춤 연습은 아직도 그 정도까지는 아니어도 그래도 많은 트레이너가 보강되어 다른 유수 기획사에 못지않은 강사진을 가지고 있었다.

이렇게 지원이 빵빵한 중에 뭐가 문제인지 요즘 연습생들의 수업 태도가 산만해져 있었다.

"일단 이번 달 평가를 마치고 얘기 좀 하지요."

"알겠습니다."

이혜연과 최나영은 대화를 마치고 무대 앞으로 나온 새로운 팀을 살펴보았다.

마지막 팀까지 평가를 마치고 평가에 대한 평을 이혜연이 하고 자리를 정리하려고 했다.

그런데 이때, 평가회가 있던 연습실 문이 벌컥 열렸다.

덜컹!

쿵!

요란한 소리에 많은 사람들의 시선이 문 쪽으로 집중되었다.

한편 아영의 전화로 M&S엔터를 찾았던 성환은 안내 데스크 직원이 이곳에 사람들이 다 있다는 말에 이곳을 찾았는데, 사람들이 이곳에 있긴 있는데, 너무 많았다.

그리고 모든 사람들의 시선이 자신만 보고 있으니 너무 어색했다.

"이, 이런!"

성환은 작은 비명과 같은 목소리를 들었는지 이혜연이 얼른 성환의 곁으로 왔다.

"어서 오세요. 오랜만이에요."

"오랜만이오."

간단하게 인사를 주고받았는데, 그때까지도 연습생들은 아직 평가회를 가진 대연습실에 남아서 이들을 보고 있었다.

이에 이혜연은 연습생들에게 각자 연습실로 돌아가 연습을 하라는 지시를 내렸다.

"이만 평가회를 마치겠다. 하지만 이번 평가는 솔직히 기대 미만인 팀들이 보였다. 그러니 다음에는 조금 더 향상된 모습을 보였으면 좋겠다. 돌아가 연습해!"

연습생들이 실내를 빠져나가고 몇 사람 남지 않게 되자 그제야 조금은 조용해졌다.

사실 조금 전에는 사람이 많다 보니 가까이서 대화를 하려고 해도 소음 때문에 잘 들리지 않았다.

"최나영 실장, 아이들 평가서는 정리해서 내 책상에 올려놔 줘요."

"알겠습니다. 사장님!"

"오랜만입니다. 최 실장."

"어서 오십시오, 정 사장님."

그제야 성환은 최나영 실장을 보고 인사를 건넸고, 최나영도 그런 성환을 보며 인사를 건넸다.

"참, 최 실장님! 밖에 제 차에 아이들 줄 것 좀 가져왔으니 좀 나눠 주십시오."

성환은 자신의 차에 가져온 드링크와 간식들을 최나영 실장에게 넘겨주며 아이들을 먹이게 했다.

"감사합니다."

최나영은 성환의 이야기를 듣고 얼른 남자 연습생 몇 명을 차출해 밖으로 나갔다.

모든 사람이 나가자 이혜연은 얼른 성환에게 자신의 사무실로 가자는 말을 했다.

"일단 올라가죠. 여기서 이야기하는 것보다는 그곳에서 이야기하는 게 좋을 것 같으니."

괜히 사람도 없는 빈 공간에 남녀가 있다가는 또 어떤 소문이 퍼질지 모르기 때문이다.

특히나 전에 자신의 딸 때문에 자신의 재혼에 관한 소문이 퍼졌던 만큼 조심해야 했다.

비록 자신이 호감을 가지고 있는 남자라고 하지만, 괜히 긁어 부스럼을 만들 필요는 없었다.

더욱이 자신은 한 번 결혼을 해, 애까지 하나 있지 않은가?

그리고 상대는 나이는 좀 있지만 총각이고, 또 겉으로 보기엔 자신보다 더 어려 보이는 남자이니 괜히 조심스러웠다.

더욱이 젊고, 강하고, 또 재력도 충분한 남자가 아닌가?

누가 보더라도 눈앞의 남자는 최고의 남자 중 한 명이었다.

연습생 중에는 정말로 성환을 노리는 당돌한 아이들도 꽤 있었다.

아무튼 괜히 구설수에 오르지 않기 위해 자리를 옮기기로 했다.

◈　　◈　　◈

장소를 옮긴 성환과 이혜연은 사장실에서 대화를 나눴다.

"중국에 가신다고 했었는데, 잘 다녀오셨나요?"

막 이혜연이 성환에게 말을 걸고 있는데, 이때 노크 소리가 들렸다.

똑! 똑!

"이모! 여기 성환 삼촌 계시죠!"

문을 열고 들어온 사람은 아영이었다.

뭐가 그리 급한지 대답도 듣기 전에 문을 열고 들어왔다. 볼이 붉게 상기되어 있는 것이 급하게 달려온 듯 보였다.

"이 녀석들 뭐가 그리 급해서 이렇게 급하게 뛰어가!"

그녀의 뒤로 최나영 실장의 목소리가 들려왔지만 아영이나 다른 크윙클 멤버들은 최나영의 말에 신경도 쓰지 않고 성환에게 다가가 투정을 부렸다.

"삼촌! 어떻게 저희가 연락을 해야 찾아올 수 있어요? 애정이 식었어!"

"맞아! 애정이 식었어!"

그런 트윙클의 모습에 성환이나 이혜연은 황당한 표정을 지었다.

솔직히 성환이 한동안 이곳을 찾지 않은 것이 이혜연과의 문제만은 아니었다.

이렇게 가끔 보이는 트윙클 멤버들의 과잉 반응에 난감했던 성환이 일을 핑계로 찾지 않았던 것이다.

급기야 아영에게 전화가 오더니 어떻게 보면 트윙클로서는 어려운 상대인 혜연의 사무실에까지 밀고 들어와 성환에게 투정을 부린다.

"이 녀석들! 너희 정말 혼나 볼래?!"

자신의 말을 무시하는 아이들의 모습에 화가 난 최나영이 정색을 하며 소리쳤다.

그녀들이 얼마나 성환을 의지하는지는 잘 알고 있지만 어찌 되었든 성환은 겉으로 보기에는 그녀들과 그리 나이 차이가 나 보이지 않는 젊은 사람이었다.

그런데 이제 어느 정도 클래스에 올라선 트윙클이 성환에게 엉겨 붙는 모습이 외부에 알려진다면 그녀들의 이미지에 무척이나 큰 타격을 받을 수 있다.

물론 이곳에서의 일이 외부에 알려질 리는 없지만, 평소의 습관이 언제 외부에서 나올지 모르기에 평소에 단속을 해야만 했다.

그런 최나영 실장의 모습에 트윙클은 얼른 자세를 바로 했다.

평소에는 친언니나 이모 같은 모습이지만, 한번 화가 나면 주체할 수 없는 그녀이기에 트윙클도 조심을 했다.

하지만 조심을 하면서도 아영은 작게 투정을 했다.

"그래도, 정말로 삼촌을 보면 힘이 난단 말이에요."

고개를 숙이며 중얼거리는 아영의 말에 사장실 안은 한순간 숙연해졌다.

확실히 그가 다녀가면 아무리 힘들어도 트윙클 멤버들이 쌩쌩해지는 것을 경험했기에 최나영이나 이혜연도 그녀의 말에 뭐라 할 수가 없었다.

사실 성환을 보면 든든한 오빠가 뒤에서 받쳐 주는 것 같은 느낌에 그녀들뿐 아니라 최나영이나 이혜연도 그런 마음이라 아영의 말을 다시 한 번 되새겨 보았다.

한편 갑작스런 아영의 말에 성환도 당황하긴 마찬가지였다.

자신이 무슨 비타민도 아니고 보면 힘이 난다는 말에 많은 생각을 하게 되었다.

"알았다. 삼촌이 바쁘지 않으면 자주 와서 맛난 것도 사주고 할게."

"네!"

성환의 말이 있자 언제 기가 죽었냐는 듯 목소리로 대답을 하는 트윙클이었다.

오랜만에 그녀들의 활달한 모습을 보니 처음 이곳을 찾았을 때의 난감함보다는 푸근한 마음을 가지고 떠나게 되었다.

"삼촌이 요즘 바빠서 다시 한동안 찾지 못하겠지만, 요즘 많은 인기를 얻고 있다고 들었다. 조금만 더 노력을 하면 너희가 꿈꿔 오던 스타도 될 수 있으니 조금 더 노력들을 하기 바란다. 땀은 결코 너희를 실망시키지 않을 거다."

오랜만에 M&S엔터를 찾은 성환은 직원들과 연습생들에게 회식을 시켜 주고 M&S엔터를 떠났다.

성환이 KSS경호의 사장이기도 하지만, M&S엔터의 직원이나 소속 연예인들에게는 KSS경호의 사장이 아닌 자신이 다니는 회사의 대주주라고 알고 있었다.

그런 대주주가 관심을 가지고 있다는 것에 회식 자리에 참석한 많은 사람들은 눈을 반짝이며 성환의 눈에 들기 위해 노력들을 했다.

그리고 그런 모습이 결코 싫지만은 않은 성환이었다.

그러한 모습도 성공을 위해 노력하는 한 모습이라 생각하기 때문이다.

물론 그렇다고 그런 모습을 마냥 좋게 보는 것만은 아니다.

모든 것은 다 적당한 것이 보기 좋은 것이다.

너무 과한 것은 아니 한만 못한 것이기에 성환은 적당한 수준에서 사람들의 그런 모습을 조절했고, 또 조언을 하기도 했다.

비록 억지에 가까운 전화 때문에 M&S엔터를 찾긴 했지만 기분 좋은 하루를 보낸 성환이다.

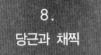

8.
당근과 채찍

한동안 다시 자리를 비워야 했다.

그런데 자리를 비우려니 괜히 걱정이 되었다.

성환은 KSS에 있는 자신의 사무실에서 뭔가를 두고 고민을 하고 있었다.

조만간 중국에 다시 한 번 들어가야만 했다.

현재 국내에 벌인 일은 순조롭게 진행이 되고 있지만, 무엇 때문인지 자꾸만 용변을 보고 뒤처리를 재대로 못한 것처럼 꺼림칙한 느낌을 지울 수가 없었다.

'그냥 이대로 두고 중국에 가긴 뭔가 꺼림칙한데, 무엇 때문이지?'

아무리 고민을 해도 이런 느낌을 주는 원인을 알 수가 없었다.

'고민만 하고 있다고 생각날 것도 아니니 일단 어떻게 하고 있나 돌아보기나 해야지.'

고민을 해도 해결될 일이 아니란 생각에 자리에서 일어났다.

KSS경호의 본사 지하에 있는 경호원들 훈련장으로 향했다.

많은 이들이 섬으로 차출되어 갔지만 아직도 본사에는 많은 숫자의 경호원들이 남아 있었다.

일부는 계약된 일로 외부에 나가 있고, 일이 없는 직원들은 각자 개인 활동을 하고 있었다.

하지만 개인 활동이라고 하지만 거의 대부분의 경호원들은 다른 외부 활동보다 자신의 실력 향상을 위해 대련장이나 웨이트 트레이닝 장에서 훈련을 한다.

그래서 성환은 남아서 훈련을 하고 있는 직원들을 살피기 위해 이곳을 찾았다.

괜히 혼자 고민하기보다는 행동을 하며 불안 요소를 찾아가는 중이다.

군에 있으면서도 성환은 이런 성향을 보였다.

뭔가 마음에 들지 않는 일이나 고민이 있을 때면 몸을 혹사시키면서 생각을 정리하거나 자신을 불안하게 하는 요소를 해결했다.

◈　　◈　　◈

　대련장에 들어선 성환의 눈에 마침 대련을 하는 경호원들이 보였다.

　마치 유흥이라도 즐기는 듯 가운데 3명을 두고 많은 경호원들이 원을 그리고 둘러서서 구경을 하고 있는 장면이었다.

　'무슨 일 있나?'

　가운데 있는 3명 중 한 명은 심판을 보기 위해서인지 양옆에 있는 두 사람에게 뭔가를 말하는 모습이 보였다.

　그런 모습을 본 성환이 귀에 내공을 보내 그들이 하는 이야기를 들어 보려다 말고 그냥 그들이 있는 쪽으로 걸어갔다.

　"아무리 보호 장비를 하고 있다고 하지만 무릎으로 사타구니를 찬다거나, 눈 찌르기 같은 위험한 행동은 금한다. 규칙 이해했지?"

　"알겠습니다."

　"이해했습니다."

　두 사람이 심판을 보기로 한 이병규 대리의 설명을 듣고 대답을 했다.

　그런데 이들이 규칙에 대한 이야기를 주고받을 때, 구경을 하던 사람들에게서 소리가 들려왔다.

"진호와 재욱, 둘 중 누가 이길지 내기를 하는 게 어때?"

"난 재욱이에게 만 원!"

"난 진호에게 3만 원!"

한 사람이 내기를 제안하자 마치 축제라도 벌어진 듯 요란스럽게 여기저기서 돈을 걸기 시작했다.

가운데 있던 진호와 재욱은 한순간에 싸움닭 신세가 되고 말았지만, 그 소리를 들으면서도 두 사람의 표정에는 어떤 긴장감이나 불쾌한 느낌은 비추지 않았다.

성환은 이런 모습을 흥미롭게 쳐다보며 자신도 모르게 소리쳤다.

그 자신도 직원들 속에 한 번 뛰어들고 싶었는지 그도 판돈을 걸었다.

"그럼 난 진호에게 100만 원!"

갑자기 100만 원이란 큰돈을 거는 사람의 목소리가 들리자 일제히 목소리가 들린 곳으로 시선이 몰렸다.

하지만 조금 전까지만 해도 축제 분위기로 흥분했던 장내는 한순간 쥐죽은 듯 고요해졌다.

그도 그럴 것이 떠들썩하던 자리에 그들의 사장이 자리하고 있으니 깜짝 놀란 것이다.

특히나 가운데 심판을 보기 위해 자리하고 있던 이병규 대리는 얼굴빛이 창백해졌다.

지금 이곳에 있는 이들 중 가장 선임인 그가 회사 훈련장에서 직원들이 내기를 벌이고 있는 것을 묵인하고, 어떻게 보면 조장하고 있었는데, 그런 장면을 사장에게 들켰기 때문이다.

솔직히 이런 대결이나 내기는 직원들 사이에 흔하게 벌어지는 유흥과도 같은 것이었다.

하지만 이건 전적으로 밑에 직원들 얘기지 심재원이나 고재환 같은 전무나 과장 이상의 관리자들에게 알려지지 않은 일이다.

그런 자리에 이사도 아닌 사장이 나타났으니 난리가 나도 단단히 난 것이다.

그 때문에 한순간 얼어붙은 것처럼 조용해진 대련장.

그런 모습을 보면서도 성환은 입가에 미소를 머금고 처음 내기를 제안했던 이에게 말을 걸었다.

"뭐하고 있나? 어서 내기 돈을 거둬야지!"

말을 하면서 지갑에서 100만 원짜리 수표를 한 장 꺼내 그에게 내밀었다.

"참! 내기에 이긴 사람은 얼마를 가져가는 거야?"

아무런 스스럼없이 내기에 참여하는 성환의 모습에 내기 제안을 했던 명환은 얼른 정신을 수습하면 대답을 했다.

"네, 판돈의 10%를 가져가고 남은 금액은 회식비로 사용하고 있습니다."

말인즉 내기에 진 쪽에서 전체 판돈의 10%를 떼 승자에게 주고, 남은 판돈은 이긴 사람, 진 사람 상관없이 회식비로 사용한다는 말이었다.

말을 들은 성환은 내기도 그리 불건전한 것은 아니고, 그저 회식을 위해 각출하는 수준이라 미소를 지었다.

그러는 한편 은근히 이것도 괜찮다는 생각이 들었다.

혈기왕성한 이들이 한곳에 모여 있으니 이런 일도 있겠다는 생각이 들면서 좋은 생각이 났다.

이들의 혈기를 좋은 쪽으로 향하게 하면서도 실력 향상을 위해 노력하게 만들 수단이 생각난 것이다.

'정기적으로 대회를 여는 것도 좋겠군! 적당한 상품을 걸면 충분히 동기 부여도 되고, 지금 보다 더 적극적으로 훈련을 할 것 같군!'

확실히 동기 부여를 위해 기간을 두고 대회를 하는 것도 좋을 것 같았다.

상금이나 상품이 있으면 더욱 좋고 말이다.

이런 생각을 하다 보니 조금 전 무엇 때문에 자신이 꺼림칙했는지 깨닫게 되었다.

'맞아!'

현재 자신에게 가장 힘이 되는 것은 다름 아닌 최진혁을 비롯한 조폭들이었다.

실질적인 힘이야 KSS경호에 미치지 못하지만, 그들이 벌어들이는 돈은 KSS경호를 운영하는 것이나 자신이 추진하고 있는 프로젝트에 없어서는 안 되는 중요한 요소였다.

이번에도 서울 연합의 두목들이 김상수 일당의 습격으로 정상적이지 못한 때문에 프로젝트 진행이 원활하지 못했다.

만약 이번에도 그런 일이 벌어진다면 군과 행보를 같이하는 데 많은 에러가 발생한다.

이런 생각에 이번 기회에 몇몇 자신의 일에 적극적으로 동참을 하고 있는 두목들의 안전에 만전을 기해야겠다, 판단을 하게 되었다.

'흠, 그렇다고 경호원들을 붙인다면 자존심 상해할 테니…….'

성환은 자신이 중국에 가려는데, 꺼림칙하게 만들었던 원인을 찾아 그 해결 방법을 고민하던 중 경호원을 붙이는 것보다는 직접적으로 무력을 키워 주는 것이 나을 것 같다는 판단을 했다.

막말로 명색이 조폭 두목인데 부하들이 아닌 경호원들이 와서 자신들을 지켜 줄 것이라고 한다면 선뜻 받아들일 사람이 몇이나 될 것인가?

그래서 생각한 것이 바로 서울연합의 조폭 두목 전부가 아닌 최진혁과 같이 자신의 말이라면 팥으로 메주를 쑨다고 해도 믿을 존재들만 우선 키워 주기로 했다.

비록 강제적으로 혈도를 풀어 주고 무력을 키워 준다면 크나큰 고통이 따르겠지만 결과가 좋으면 모든 것이 좋다고 그들도 자신을 원망하지는 않을 것이 분명했다.

지금이야 예전과 많이 다른 모습을 보여 주고 있지만 그들은 힘이 우선인 조폭들이지 않은가?

그러니 순간의 고통보다는 나중에 지금보다 월등한 무력을 가진다면 더 좋아할 것이다.

결심이 선 성환은 홍진호와 김재욱의 대결 결과도 보지 않고 자리를 떴다.

물론 그가 자리를 떴다는 것은 아무도 눈치채지 못했다.

이미 현장은 두 사람의 대결에 흥분돼 있었기 때문이다.

대결이 끝난 뒤 상금의 수여와 회식비 분배로 성환을 찾지만, 비서가 전하는 성환의 말을 듣고 환호를 했다.

그건 성환이 퇴근을 하며 비서에게 자신의 상금까지 회식비에 보태란 말을 했기 때문이다.

◈　　◈　　◈

한편 회사를 나선 성환은 최진혁을 통해 두목을 샹그릴라 호텔로 호출을 했다.

성환이 호출한 이들은 작두와 백곰이었다.

시간이 별로 없기에 박문수는 부르지 않았다.

사실 동대문파의 박문수는 성환의 밑으로 들어오긴 했지만 그리 신뢰가 가는 사람은 아니었다.

세력에 밀려 그의 밑에 들어왔다는 것이 맞았기에 괜히 박문수까지 힘을 실어 주는 꺼림칙했다.

아무리 현재 서울연합에서 자신의 지시를 받는 최진혁의 뒤를 받쳐 주는 사람이기는 하지만 어찌 되었든 괜히 뒤통수 맞을 수 있는 자까지 키워 줄 필요를 느끼지 않았다.

그는 지금 이 정도가 적당했다.

그래서 박문수는 빼고 작두와 우형준만 부른 것이다.

그 둘은 만약 최진혁이 잘못되었을 때를 위한 숨겨진 패였기 때문이다.

두 사람은 비록 조폭이긴 하지만 의리라는 것이 뭔지 알고 있는 자들이기에 최진혁이나 김용성이 잘못되었을 때, 대신해 믿고 맡길 수 있는 이들이었다.

그렇기에 만약을 위해 그 둘을 키우려는 것이다.

샹그릴라에 도착을 하니 그들은 벌써 도착해 있었다.

"어서 오십시오."

"다 도착해 있었군."

"예, 그런데 무슨 일로?"

우형준은 조심스럽게 성환에게 자신을 호출한 이유를 물었다.

처음 우형준이 성환을 보았을 때보다 더 조심스러웠다.

그가 처음 성환을 보았을 때도 혼자서 자신과 부하들을 혼자 상대하던 성환의 모습에 압도당했다.

그런데 시간이 흘러 그때 자신에게 전국의 조직을 통일하겠다는 포부를 밝히던 성환이었는데, 지금 성환이 서울을 장악하고 그도 모자라 부산까지 통일을 했다.

이런 것을 곁에서 목격을 했으니 더욱 행동을 조심할 수밖에 없었다.

"너희를 왜 불렀느냐 하면, 사실 그동안 내가 너희의 능력을 너무 과대평가를 한 것 같다."

느닷없는 성환의 말에 진혁이나 우형준 그리고 작두는 긴장을 했다.

무엇 때문에 그동안 아무런 언급도 없는 성환이 자신들을 모아 놓고 하는 말을 알 수 없었기 때문에 긴장된 모습으로 성환을 보았다.

"아, 오해는 하지 마라. 너희를 어떻게 하겠다는 것은 아니니."

어떻게 하지 않겠다는 말을 들어서 그런지 조금은 긴장을 풀며 성환을 보지만, 그렇다고 완전히 긴장을 풀고 있는 것도 아니었다.

"그럼 무엇 때문에……?"

그래도 성환과 오랜 시간을 함께했던 덕인지 최진혁이 용기를 내 나서서 물었다.

"얼마 전 사건도 있고 해서 아무래도 내가 안심하고 너희에게 일을 맡기기 위해선 조금 너희의 능력을 높여 놔야 안심이 될 것 같아 이렇게 불렀다."

성환은 말을 하면서 품에서 작은 상자를 하나 꺼내 테이블 위해 올렸다.

그러면서 최진혁에게 지시를 내렸다.

"일단 아무도 들어오지 못하게 입구를 지키게 하고 문을 잠가라."

지시를 하면서도 실내에 있는 쇼파와 테이블을 한쪽 끝으로 빌러 공간을 만들었다.

진혁이 비서에게 지시를 하고 들어오자 그를 불렀다.

"진혁이 먼저 와서 이걸 먹고 이리로 와라!"

뭐가 어떻게 진행이 되는지도 모르고 최진혁은 일단 성환이 주는 약을 받아먹었다.

최진혁이 아무런 의심을 하지 않고 성환이 주는 약을 받아 먹은 것은, 성환이 주는 게 몸에 무척이나 좋은 것임을 잘 알고 있었기 때문이다.

성환의 지시로 약초들을 구입을 도맡아 한 일이 그이기에 지금 성환이 준 것에서 느껴지는 향을 맡고 금방 자신이 구했던 약초들과 연관이 있는 물건이란 생각을 하고 바로 받아 먹었다.

확실히 그건 최진혁의 짐작이 맞았다.

특별경호팀들이 S1프로젝트를 진행할 때 먹었던 것과 같은 약이었다.

성환은 섬에 보내 주기 전 이들이 쓸 물량을 빼놓은 것을 지금 사용하려는 것이다.

최진혁이 약을 받아먹자 성환은 지체하지 않고, 진혁의 몸 이곳저곳을 두들기기 시작했다.

그건 모르는 사람들이 보면 마치 장난처럼 보이지만 이건 극히 힘든 작업이었다.

인체의 혈도를 타혈해 강제로 신진대사를 활성화 하는 작업이기에 까딱 잘못하다가는 예전 최종혁이나 이병찬과 같은 상태가 될 수도 있었다.

하지만 성환은 최진혁에게 그럴 생각이 없기에 방금 먹은 약의 약기운을 빨리 몸이 흡수하도록 돕기 위해 이런 작업을 하는 것이다.

"지금부터 아주 중요한 작업이니 절대 내 몸에 손대면 안 된다."

진혁에게 가부좌를 틀고 앉게 만든 다음 작두와 우형중에게 자신의 몸을 건들지 말라는 경고를 하고 최진혁의 뒤로 가 자신도 가부좌를 틀었다.

그리고는 등 뒤 명문혈에 장심을 가져다 대고 내력을 운용해 강제로 최진혁의 몸에 자신의 내공을 집어넣었다.

"절대로 입을 벌리면 안 된다."

입을 벌리면 안 된다는 경고를 하고는 힘차게 내력을 운용해 약기운이 돌고 있는 진혁의 몸속으로 자신의 내공을 집어

넣은 성환은 자신의 내공을 이용해 막힌 진혁의 혈도를 뚫었다.

"으윽!"

"참아!"

고통에 절로 신음을 흘리는 진혁에게 성환의 차가운 경고 소리가 들렸다.

지금 진혁은 자신의 몸속에서 들리는 폭발 소리와 고통에 정신을 차릴 수가 없었다.

절로 비명을 지르고 싶었지만 그것도 여의치 않았다.

뭔지 모르지만 성환이 경고를 했기에 무조건 참아야 했다.

결코 자신에게 해로운 일을 하지 않을 그였기에 진혁은 억지로 참았다.

뭔가 이유가 있기에 이런 고통을 자신에게 주는 것이라 생각했기에 참았다.

뭐 참지 않는다고 해도 도리가 없었다.

자신은 을이고, 성환은 갑이었기 때문이다.

한편 최진혁이 고통스러워하는 모습을 보며 우형준이나 작두는 자신도 모르게 진저리를 쳤다.

'으, 지금 뭐하는 것이지? 혹시?'

지금 성환이 최진혁에게 하는 장면이 꼭 영화 속에 나오는 한 장면 같다는 생각을 하는 작두였다.

그러면서 정말로 그것이 맞는 것인지 몰라 고개를 갸웃거렸다.

배운 것은 없지만 그래도 어렸을 적 무렵 소설과 영화를
섭렵한 경험이 있는 작두에게 지금 성환이 하고 있는 모습은
자신이 소설을 읽으며 상상하던 그런 모습과 비슷했기 때문
이다.

그리고 그런 생각을 하는 것은 우형준도 마찬가지였다.

그도 한때 무협 마니아였기에 지금 모습이 무엇을 하는 것
인지 알고 있었다.

하지만 정말로 이런 것이 가능한 것인지는 알 수가 없었
다.

'이게 가능한 거야?'

반신반의하며 쳐다보는 두 사람을 뒤로하고 성환은 열심히
최진혁의 혈도를 뚫는 일에 집중했다.

◈　　　◈　　　◈

국내에서 할 일을 마친 성환은 다시 중국에 들어갔다.

이번에 중국에서 할 일은 금련방의 밀을 마무리하는 것이
었다.

몇 달 전 중국에 갔을 때 마무리하고 왔어야 할 일을 국내
에 일이 벌어져 어쩔 수 없이 뒤로 미루고 들어왔었는데, 이
젠 어느 정도 국내 일을 마무리했으니 금련방의 일도 처리해

야만 했다.

그리고 중국에 간 김에 중국에 유통되고 있는 산삼과 같은 약초들도 알아볼 계획이다.

중국에는 장백―백두산―산삼이나 영지 같은 것들이 최고의 영약으로 비싸게 유통이 되고 있음을 알고 있다.

그러니 특임대를 양성하기 위해선 이곳의 약재 유통을 알아봐야만 했다.

그렇지 않다면 특임대 양성에 많은 차질이 벌어질 수 있기 때문이다.

어쩌면 예초의 계획과 다르게 S1프로젝트의 다운그레이드 해서 진행을 할지도 모르기에 일단 최대한 알아볼 생각이다.

자신의 욕심 때문에 그리된 것이니 최대한 알아보고 될 수 있으면 지속적으로 약재를 공급 받는 쪽으로 일을 진행하려고 계획하였다.

그래서 성환은 일단 금련방의 본거지가 있는 절강성 광주로 향했다.

광주에 도착을 하면 양명이 미리 나와 있기로 약속을 했기에 찾아가는 것은 문제없을 것이다.

성환은 이번 중국행 비행기를 한국 국적의 비행기를 이용하지 않고 중국의 대륙 항공을 이용을 했으며, 예약도 자신의 이름으로 한 것이 아닌 다른 사람의 이름으로 했다.

될 수 있으면 자신의 행적을 다른 사람들에게 알리지 않기 위해서였는데, 그 이유는 요즘 들어 부쩍 누군가의 시선이 느껴진 때문에 그렇게 했다.

전보다 더욱 기감이 발달해 아무리 멀리 떨어져 있다고 해도 느낄 수 있었다.

물론 현대 감청 기술을 이용한다면 언제 어느 곳에서도 감시의 시선을 피할 길이 없지만, 그래도 최대한 자신을 드러내지 않기 위해선 이런 조심도 필요했다.

항주 공항에 도착한 성환은 수속을 마치고 자신을 마중 나올 양명을 기다렸다.

미리 연락을 하고 온 것이기에 얼마 지나지 않아 그를 찾을 수 있었다.

"사조님, 그간 평안하셨습니까?"

우렁찬 양명의 목소리에 공항 로비에 있던 사람들의 시선이 모두 성환과 자신에게 쏠렸으나 양명은 그런 사람들의 시선이 전혀 신경 쓰이지 않는 듯 허리를 숙이고 있었다.

한편 방금 전 성환의 여권을 확인했던 공항 직원은 눈을 반짝이며 성환을 주시했다.

처음 성환의 여권을 확인한 사람은 그저 여권에 나온 그의 나이보다 젊은 모습에 잠깐 놀랐었다.

그런데 지금 소림 승려의 복장을 하고 있는 남자가 허리를 숙이며 사조라 부르며 극고의 예를 취하는 모습에 성환에게 뭔가 비밀이 있을 것 같다는 생각을 하고 어딘가로 연락을 했다.

하지만 양명은 자신 때문에 중국의 어느 부서 한 곳이 바쁘게 움직일 것이라고는 생각지 못했다.

그리고 이는 성환도 마찬가지였다.

방금 전 별거 아닌 일로 자신이 귀찮아질 줄은 그도 예상을 하지 못했다.

아무튼 어찌 되었든 양명의 행동으로 주변이 어수선해지자 얼른 이 자리를 빠져나가야겠다는 생각에 그에게 목적지로 안내할 것을 지시했다.

"일단 호텔로 가지."

"알겠습니다."

아무리 일이 있어 이곳에 왔지만 도착하자마자 금련방으로 찾아가는 것은 예가 아니란 생각에 일단 호텔에 여장을 풀기로 했다.

급하게 공항을 빠져나가는 성환과 양명의 모습을 지켜보는 시선이 있었으나 아직까지 성환은 그 시선 때문에 자신이 어떤 경험을 하게 될지는 현재로서는 상상도 못하고 그저 양명의 안내를 받아 호텔로 가고 있었다.

❖   ❖   ❖

호텔에 도착한 성환은 자신이 지시한 것에 대한 보고를

받았다.

"그래, 방주는 어떤 선택을 할 것 같냐?"

성환은 양명의 아버지가 금련방 방주를 건을 알면서도 지금 그에게 방주라 말하며 자신의 지시에 어떤 선택을 할 것인지 양명에게 물었다.

그런 성환에게 양명은 현 금련방에 대한 정보를 들려주었다.

"현재 금련방 내에서 의견이 갈려 대립을 하고 있습니다."

의견이 갈려 대립을 하고 있다는 소리에 눈을 반짝였다.

성환은 양명의 말을 듣고 언젠가 이와 비슷한 경험이 있었던 것 같은 느낌을 받았다.

언제 이런 경험을 했는지 생각을 하던 성환은 금련방의 일이 자신이 군대를 나와 만수파를 들렸을 때와 비슷한 상황이란 생각이 들었다.

'호! 만수파의 그때와 비슷한 상황이 아닌가? 이거 잘하면……'

양명의 말을 듣고 생각한 성환은 지금 상황이 최진혁이 만수파를 장악하지 못하고 갈라져 있을 때와 비슷하다는 생각을 하고, 그때의 일을 기억하며 이번 금련방의 문제도 만수파 때와 비슷하게 처리하는 것이 어떤가, 하는 생각을 하였다.

만약 그렇게 된다면 성환은 중국에도 서울에 그랬던 것처럼 그와 비슷한 세력을 만들 수 있을 것도 같았다.

만수파를 기반으로 진원파와 백곰파를 통합하고, 또 진원파와 대립하던 신호남파도 먹어 치웠다.

뿐만 아니라 이세건의 사주를 받은 대범파와 동대문파도 정리를 하면서 성환은 은막의 배후자가 되었다.

표면에는 만수파의 최진혁을 선두에 세우고 통합한 조직들에서 쓸 만한 이들을 추려 통합한 구역을 나눠 균형을 맞췄다.

뿐만 아니라 그것을 기반으로 서울을 통합해 서울연합이란 것을 탄생시켰다.

그렇게 만든 조직은 현재 자신이 추진하는 프로젝트의 든든한 재원이 되고 있다.

물론 중국에 그렇게까지는 아니더라도 협력하는 세력이 있다.

자신을 사조라 떠받들며 우러르는 소림사 말이다.

하지만 소림사는 성환이 마음대로 쓸 수 있는 조직이 아니다.

아무리 그들이 자신을 사조라 부르고 있지만 그렇다고 소림사가 성환 개인의 의향에 맞게 움직이는 위치가 아니기 때문이다.

소림은 소림대로 그들의 추구하는 것이 있기에 성환은 될 수 있으면 그들과는 이 정도의 거리를 유지하려고 생각하고 있다.

자신이 하려는 일은 밝은 면도 있지만 어두운 면이 더 많기에 어쩌면 중국에 해가 되는 일이 될 수도 있었다.

어차피 자신은 한국인이고, 조국인 대한민국을 위해선 어떤 일도 할 생각이었다.

그것이 백두산에서 자신의 생명을 구해 준 비동을 만든 선인과의 약속이었다.

세월을 뛰어넘는 약속이기에 비동을 나서면서 그렇게 살기로 작정을 했다.

물론 만약 지금의 상태에서 그런 기연을 얻었다면 어쩌면 자신을 위해서 비동에서 얻은 능력들을 상용했을지 모른다.

하지만 당시에 성환은 군인이었고, 군인 정신과 조국에 대한 충성심은 지금과 비견되지 않을 정도로 투철했다.

세월이 흘러 당시 희생된 부하들이 사실은 죽지 않아도 될 이들이 상급자의 배신 행위로 개죽음을 했다는 것을 알게 되면서 투철했던 군인 정신과 조국에 대한 충성은 균열이 갔다.

그렇지만 그래도 약속의 무게를 알고 있는 성환이기에 비동 안에서 선인과의 약속은 잊지 않았다.

아무튼 중국에도 만수파나 서울연합 같은 자신의 손발이 되어 줄 조직이 있다면 좋을 것이란 생각을 하고 앞으로의 일을 구상했다.

"그럼 네 아버지는 어느 쪽이냐? 설마 나와 대립을 하겠다고 하는 쪽이냐?"

나직하게 물어 오는 성환의 질문에 양명은 마른침을 삼켰다.

'꼴깍!'

여기서 자신이 말을 잘못하면 어쩌면 아버지의 목숨이 끝날지도 모른다는 위기감이 양명의 뇌리를 스쳤다.

아무리 소림사에 적을 두고 있지만, 그래도 금련방은 그의 집이자, 방주는 그의 아버지인 양창위였다.

그런데 지금 자신의 말 한마디에 아버지의 목숨이 좌지우지될 상황이기에 쉽게 대답을 하지 못했다.

하지만 사조인 성환이 물어 온 것이기에 대답을 해야만 했다.

다행이라면 자신의 아버지는 자신의 말을 믿고 성환의 지시에 따르겠다는 쪽이었다.

물론 그것이 성환이 양명을 통해 한 말을 믿었거나, 아니면 철사대 대장이었던 장국영의 말을 믿어서도 아니었다.

양창위가 생각한 것은 자신의 아들이 전한 말 중에 성환이 소림사의 사조가 되었다는 대목 때문이었다.

중국에서 가지는 소림의 위상을 알기에 그런 곳의 사조란 위치에 오른 사람을 무시할 수는 없었다.

비록 그가 중국인이 아니라 변방의 소국인 한국인이라도

말이다.

소림의 사조란 위상은 국적을 불문하는 것이다.

소림사의 인물들이 그 사람을 인정하지 않는다면 문제가
되지 않겠지만, 그들은 그 한국인을 자신들의 사조로 인정을
했다.

그런 성환의 말을 무시한다는 말은 소림사와 척을 지겠다
는 말과 마찬가지였다.

분명 소림은 같은 중국인인 자신들보다는 사조인 성환의
손을 들어 줄 것이 분명했기 때문이다.

그리고 그렇게 된다면 자신의 아들도 자신을 향해 칼을 들
것은 불을 보듯 빤했다.

그것이 조직에 들어간 중국인들의 보편적인 행동이다.

양창위는 그래서 아들에게 들은 대로 장로 회의에서 성환
이 전달하라는 말을 꺼냈다.

이 기회에 자신의 생각과 다른 이들이 누군지 밝혀내려는
의도도 있었다.

자신이 이런 안건을 꺼내면 분명 그 안건에 반발하는 이가
있을 것은 당연했다.

비록 자신이 금련방 방 주위에 있지만 언제나 그 자리를
위협받고 있었다.

벌써 100년이 넘도록 금련방 방주의 직위는 양씨가 독점
을 하고 있다 보니 그동안 방주의 직위에 오르지 못한 가문

에서 어떻게든 자신을 밀어내고 그 자리를 차지하기 위해 암중모색하고 있음을 모르지 않았다.

그래서 이번 기회에 누가 적이고 누가 친구인지 구별을 하려고 장로회의 자리에 터뜨렸다.

그리고 일은 양창위의 생각대로 흘러갔다.

방을 위해서 끝까지 싸워야 한다는 쪽과 소림을 뒤에 업은 성환의 뜻을 따라 이번에는 양보를 하자는 쪽으로 갈렸다.

넌지시 자신은 소림과 척을 지지 않고 원만한 관계를 유지하기를 원한다고 뜻을 밝혔지만, 갈라선 장로들의 뜻은 좁혀지지 않았다.

비록 자신의 의견에 동조해 몇몇 장로들이 뜻을 바꿔 화친 쪽으로 돌아서긴 했지만 끝까지 대립각을 세우는 장로들도 있었다.

그것이 비록 전체 장로의 숫자 중 1/3 정도로 적긴 하지만 방에서 그들이 차지하는 세력은 결코 적지 않았다.

양명은 조심스럽게 양창위의 현재 사정을 설명했다.

"제 아버님께서는 사조님의 제안에 따르겠다고 했습니다. 다만 그분의 말씀에 반하는 장로들의 세력이 만만치 않아……."

"그렇단 말이지?"

성환은 양명의 대답을 듣고 아직 해가 떨어지지 않은 광주의 풍경에 시선을 주었다.

그런 성환의 모습을 양명은 소리 없이 그저 지켜만 보았다.

뒤에 양명이 어떤 마음으로 자신을 지켜보는지도 모르고 성환은 그저 창밖에 시선을 두고 머릿속으로 중국에서의 일정을 구상하기 시작했다.

◈　　◈　　◈

날이 밝자 양명은 성환은 자신의 집인 금련방으로 안내를 하였다.

성환이 안내를 받아 간 금련방은 폭력 조직이면서도 뜻밖에도 중국 절강성 공산당 인민회 인근에 자리하고 있었다.

아무래도 절강성 공산당과 금련방이 밀접한 관계가 있지 않고서야 폭력 조직인 금련방이 공안들이 즐비한 이곳에 자리할 일이 없을 것이다.

성환은 이렇게 주변 상황을 살피며 금련방으로 들어섰다.

그가 안으로 들어서니 많은 금련방 사람들이 입구에 나와 성환을 맞이하였다.

이미 성환이 올 것을 알고, 또 성환이 비록 한국인이지만 소림의 사조로 대우를 받고 있다는 것을 알고 있으니 성환을 맞는 인원들의 행동은 무척이나 조심스러웠다.

더욱이 성환이 철사대에게 했던 말이 있기에 더욱 그러했다.

금련방과 성환의 관계가 그렇게 좋은 관계는 아니다 보니 조심스러울 수밖에 없었다.

　"어서 오십시오. 금련방에 오신 것을 환영합니다."

　양명의 아버지이자 금련방의 방주인 양창위가 다른 사람들에 대표로 나서서 성환에게 환영 인사를 했다.

　"반갑소."

　자신을 맞이하는 양창위의 모습에 성환은 비록 그가 자신보다 나이가 많다고 하지만 지금 이 자리에서는 소림의 사조로서 자리하는 것이기에 고개를 숙이기보다는 조금은 고압적인 자세로 대답을 했다.

　만약 성환이 일개 한국의 기업인이나 조폭들의 배후로 이 자리에 있다고 했다면 아마도 양창위를 만나지도 못했을 것이다.

　그런 것을 성환도 잘 알기에 지금은 소림의 사조란 타이틀을 잘 활용하고 있었다.

　하지만 그런 성환의 태도에 불만을 가지는 사람이 아주 없는 것은 아니었다.

　성환이 나타날 때부터 인상을 쓰며 성환을 죽일 듯 노려보는 사람들이 있었다.

　강퍅한 인상의 60대 노인이었는데, 특이하게도 그의 피부는 약간은 검은색을 띄고 있어 사람들로 하여금 위축되게 만드는 기운이 절로 풍기고 있었다.

'흠, 철사장(鐵沙掌)을 익혔군!'

성환은 다른 사람과 다른 피부를 가진 그를 한눈에 알아봤다.

더욱이 기감이 뛰어난 성환이기에 자신을 향해 살기를 풍기고 있는 이를 못 알아본다는 것이 더 이상한 일이다.

그리고 그 사람의 주위로 그와 비슷한 인상을 주고 있는 노인들이 몰려 있었는데, 분위기로 보아 아마도 그들이 자신의 제안을 거부하고 반발하는 이들일 것이 분명했다.

성환은 천천히 걸으며 자신의 옆에서 보조를 같이하고 있는 양명에게 물었다.

"저들이 바로 반대를 한다는 그들인가?"

"예, 그렇다고 들었습니다."

양명은 성환의 질문을 듣고 고개를 돌려 성환이 본, 사람들을 쳐다보며 고개를 돌려 대답을 했다.

양명의 확인이 있고, 성환은 이 기회를 놓치지 않고 잘만 활용을 하다면 생각보다 일이 쉽게 처리될 것 같았다.

특히 어젯밤 양명을 통해 알아본 결과 금련방은 단순한 폭력 조직이 아니란 것을 알게 되었기에 그 활용도가 무척이나 많았다.

물론 금련방의 주 수입원이 마약 밀매나 무기 밀매 등, 불법적인 일이 대부분이지만 방송연예 사업이나 건설, 전자 등 많은 사업을 하고 있었다.

그중 성환이 눈여겨보는 것이 바로 유통이었다.

금련방의 유통 영역은 절강성은 물론이고, 안휘성과 강소성까지 유통을 하고 있었다.

성마다 몇 개의 흑사회 조직들이 있는 중국의 사정을 생각하면 3개나 되는 성에 물류 유통을 하고 있다는 것은 쉽게 생각할 일은 아니었다.

그만큼 금련방에 힘이 있다는 소리이기도 했다.

아무튼 금련방을 수중에 넣는다면 중국에서도 충분히 자신이 원하고자 하는 일을 할 수 있을 것도 같아 기분이 점점 좋아지는 성환이었다.

천천히 양창위를 금련방 전경을 구경하며 들어선 본관 건물 앞 큼지막한 정원이 있었다.

아마도 그곳은 금련방의 많은 제자들이 무술 수련을 하는 곳인지 지금 그곳에는 많은 젊은 사내들이 도열해 있었다.

아마도 많은 숫자가 모여 있다면 자신이 기가 죽을 것이라 생각해 그런 것인지 모르겠지만, 성환은 그런 금련방의 젊은 이들이 모여 있는 모습을 보며 서해의 섬에서 훈련을 하고 있을 KSS경호의 수련생들이 생각났다.

서울 소재의 조직에서 선발한 수련생들은 조폭의 때를 벗기 위해 서해의 이름 모를 섬에서 오늘도 열심히 땀을 흘리며 바닥을 기고 있을 것이다.

그들을 생각하며 입가에 미소를 짓고 있는 성환을 몰래 지켜보는 사람이 있었다.

조금 전부터 성환을 못마땅하게 생각하는 장로들이 마로
그들이었다.

"이 장로! 가오리빵즈를 이대로 둬야 한단 말이오?"

"그럼 어떻게 합니까? 이미 방주는 그의 말을 따르기로
했는데 말입니다."

"그러니 이번 기회에 방주까지 밀어내야 한다는 말입니
다."

흑면의 사내는 자신의 옆에 있던 이장로란 자에게 그렇게
역설을 했다.

비록 주변인들만 들을 수 있게 작은 목소리로 떠들고 있지
만 이미 그들을 예의 주시하던 성환의 귀에 모두 들리고 있
었다.

"주 장로! 무슨 계획이라도?"

"이미 혈건대와 황건대는 이미 나와 함께 하기로 이야기
를 끝냈소."

"아니, 언제 입을 맞춘 것이오?"

이 장로란 자는 주 장로가 무력대 중 혈건과 황건대가 자
신과 함께하기로 했다는 말을 듣자마자 놀란 눈으로 그를 쳐
다보았다.

혈건과 황건대가 비록 삼대 무력대에 속하지는 않지만 둘
이 합친다면 삼대 무력대의 절반에 가까운 무력을 투사할

수 있다.

현재 삼대 무력대 중 철사대가 한국에 파견을 나갔다가 폐인이 되어 돌아왔기에 현재는 삼대 무력대가 아닌 이대 무력대만 남아 있는 실정이다.

그렇다면 몇몇 장로들이 소유한 개인 무력대가 투입이 된다면 충분히 해볼 만한 싸움이었다.

그래서 주 장로는 이 장로란 자에게 어떻게 할 것인지 물은 것이다.

이렇게 자신들과 뜻을 같이할 동지를 구하는 주 장로는 오래전부터 양가에서 독점하고 있는 방주 자리에 욕심을 부리고 있었다.

하지만 이들은 알지 못했다.

먹이를 노리는 버마제비—사마귀—그런 버마제비를 노리는 새가 있다는 것을 말이다.

금련방 방주의 자리를 호시탐탐 노리는 주 장로는 이번 기회에 자신과 뜻을 같이하는 장로들을 모아 쿠데타를 힐책하고 있었다.

분명 그의 말에 동조하는 장로들이나 무력대 대장들은 상당했다.

아무리 소림의 어른이라 대우를 받는 이라고 하지만, 그는 대국인 중화인이 아닌 변방 작은 나라의 한 명일 뿐이다.

그런데 그런 자에게 겁을 먹고 싸움에 진, 개처럼 꼬리를 내리고 비굴하게 구는 방주에게 불만을 품었다.

그러했기에 혈건대나 황건대의 대장들은 충성해야 할 방주 대신 호시탐탐 방주 자리에 욕심을 부리는 주 장로의 손을 들어 준 것이다.

이렇게 금련방에 온건과 강경 두 파벌 간의 피바람이 불 예정이다.

그리고 그 일의 시발점은 아마도 성환 자신이 될 것이란 예상을 하였다.

9.
서호 풍운

넓은 홀에 성환과 양창위를 비롯한 금련방의 장로들이 앉아 대면을 하고 있었다.

하지만 어느 누구도 쉽게 말을 꺼내지는 않았다.

먼저 말을 꺼내는 쪽이 일단 손해를 보고 들어가기 때문이다.

그렇다고 언제까지 그렇게 대치만 하고 있을 수는 없었다.

지금 이 자리는 성환이 좀 더 유리한 입장에서 금련방을 상대하는 것이지만, 성환에게는 중국에서 언제까지 머물러 있을 수는 없었다.

즉, 시간이 많지 않다는 소리였다.

그리고 양창위 또한 어떻게든 하루 빨리 성환과 협상을 마쳐야 했다.

본격적으로 이빨을 드러내기 시작한 장로들을 처리하려면 그도 성환과 한시라도 빠르게 협상을 끝내고 세력을 모아야 했다.

이미 장로의 세력에 많은 무력대들이 집결하고 있었다.

이 시간에도 장로들에게 포섭된 이들이 어떤 움직임을 보일지 몰라 속이 타들어 갔다.

이미 자신을 따르는 무력대 중 하나인 철사대가 파탄나지 않았는가?

역대 그 어느 때보다 방주의 힘이 약화된 때다.

각 지부에 전력을 불러들이기는 했지만 자신의 뜻을 따라 반란을 도모하는 장로와 맞설지는 의문이었다,

이런저런 생각을 많이 하는 양창위를 보던 양명이 먼저 말을 꺼냈다.

"아버지, 이분은 소림의 사조십니다. 아버지께서 먼저 소개를 하시지요."

양명의 비록 성환이 나이는 어리지만 배분상 이 자리에 있는 사람들 중 가장 높다는 것을 강조하면서 이 자리에 있는 금련방 장로들을 소개해 줄 것을 요청했다.

그런 양명의 말에 양창위는 잠시 자신의 아들을 쳐다보자 고개를 끄덕였다.

"알았다. 제가 먼저 소개를……."

양창위는 자신을 먼저 소개를 하고 자신의 오른쪽에 앉은 순으로 장로들의 이름과 금련방에서 맡고 있는 직책에 관해 설명을 했다.

차례로 소개가 되고 양창위의 지명이 있을 때마다 지명을 받은 사람은 조용히 자리에서 일어나 포권을 하고 고개를 숙였다.

비록 시대를 달라졌으나 양명이 성환을 소림사의 어른으로 소개를 했기에 그들도 성환에게 그에 합당한 인사를 하는 것이다.

그런데 일어나 인사를 하는 사람들의 면면을 보며 성환은 누가 방주인 양창위의 편에 섰고 누가 그의 반대편에 섰는지 알 수 있었다.

딱 봐도 일어나 인사를 하는 태도에서 팍 하고 나타났기 때문이다.

그런 장로들의 모습이 일 때마다 양명의 표정은 점점 굳어 갔다.

비록 자신이 금련방에서 태어났고, 또 방주의 아들이라고 하지만, 양명은 자신이 소림의 제자라는 것에 무한한 자부심을 가지고 있었다.

아무리 자신이 태어난 가문의 뿌리가 이곳이긴 하나 현재 자신의 신분은 소림의 2대 제자였다.

비록 1대 제자인 진룡에게 대사형이라 부르고 있지만, 엄밀히 따져서 사형이 아닌 사백이라 불러야 했다.

하지만 사형이라 부른 것은 그만큼 양명의 자질이 뛰어나 기대를 한 몸에 모으고 있어 1대 제자에 비견되는 대우를 해 주고 있어 그렇게 부르도록 허락된 것이다.

물론 이 처사가 말도 되지 않는 이야기였다.

하나 이미 훈련 등을 2대 제자들과 하기엔 실력 차이가 너무 나고, 그렇다고 1대로 올리자니 기존 1대 제자들과 나이 차이를 무시하지 못해, 이러지도 저러지도 못하는 처지가 양명의 처지였다.

그래서 내부적으로만 1대 제자에 준한 대우를 해 주기로 방침을 세우고 또 세계 무술 대회에 파견을 보내면서 그렇게 부르도록 조치가 취해졌다.

자신을 인정해 주는 소림을 위해서라면 자신이 가진 모든 것을 포기할 정도로 자부심이 강한 양명에게 소림의 사조인 성환을 보며 인상을 구기는 금련방 장로들의 태도는 타파해야 할 적일 뿐이다.

그렇기에 그들을 보며 양명도 덩달아 인상이 차갑게 식어 갔다.

이곳에 오기 전까지만 해도 사조와 함께한다는 마음에 들떠 있던 마음은 순식간에 사라지고 그 자리에 차가운 분노만이 자리했다.

"주유명 장로님은 저희 소림의 사조님이 방을 찾은 것이 마음에 들지 않은 것입니까?"

장로들을 소개하는 자리에서 갑자기 양명이 차갑게 소리치자 모든 사람들의 시선이 양명에게 쏠렸다.

"음."

자신의 주재하는 자리에 느닷없이 아들이 끼어들어 분위기에 찬물을 끼얹는 것에 양창위도 표정이 굳어졌다.

더욱이 자신의 진행을 막은 사람은 다른 사람도 아닌 아들이지 않은가?

이미 분위기는 처음과 같지 않았다.

어떻게든 좋은 분위기에서 협상을 하려고 했지만 양명의 큰소리에 이미 그런 분위기는 물 건너갔다.

"어린 것이 말이 심하구나!"

주유명은 자신에게 고함을 친 양명에게 차갑게 응수했다.

말이야 바른 말이지, 솔직히 이 자리에 양명이 끼어들 자리는 없었다.

비록 그가 방주인 양창위의 아들이라고 하지만 그건 개인적인 신분일 뿐, 금련방 내에서 그의 자리는 없었다.

말 그대로 외부인인 셈이다.

비록 그가 소림의 제자라는 것이 꺼려지긴 하나, 지금은 방 내부의 일이기에 양명에게 자신의 위치를 주지시키며 어린 나이에 어른들 일에 끼어든다는 질타를 했다.

하지만 그건 타오르는 불길에 기름을 부은 꼴이었다.

"그건 상관없습니다. 지금 제가 금련방 방주의 아들로서 이 자리에 있는 것이 아니라 소림사 사조를 수행하는 수행원 입장으로 이 자리에 있는 것입니다. 그러니 주유명 장로도 그에 합당한 예를 취해 주기 바랍니다."

양명의 말에 주유명은 물론이고 자리에 있던 금련방 관계자들은 모두 입을 다물지 못했다.

감히 주유명 장로에게 그렇게까지 말할 배짱이 있을 줄은 아무도 예상하지 못했기 때문이다.

성환은 양명의 말을 옆에서 들으면서 흐뭇하게 미소를 지었다.

자신이 나서지 않더라도 양명이 나서서 분위기를 이끌어 가고 있기 때문이다.

'일이 재미있게 진행이 되는군!'

냉각된 실내 분위기 때문에 한동안 어떤 소리도 들리지 않았다.

한참 동안 어느 누구도 입을 열지 않자 성환이 말을 하기 시작했다.

"이미 난 많은 시간을 금련방에 주었다. 진진이란 자를 통해서도, 그리고 여기 있는 양명을 통해서도, 한국에서 데려간 여인들을 모두 고향으로 돌려보내라고 말이다."

비록 이 자리에 자신보다 나이가 어린 사람은 자신을 안내한 양명뿐이지만, 성환은 이들에게 존칭을 사용하지 않았다.

성환의 말을 들은 주유명이 급기야 자신의 앞에 있는 탁자를 치며 소리쳤다.

쾅!

"여기가 어디라고 방자하게!"

주유명의 호통에 성환보다 양명이 먼저 나서며 소리쳤다.

"지금 소림을 무시하는 것입니까?!"

양명은 말을 하면서도 주유명만을 주시하는 것이 아닌 인상을 구기고 있는 모든 사람들을 쳐다보았다.

"이곳이 소림인 줄 아느냐!"

주유명의 옆에 있던 이명한 장로가 나서서 그를 위협했다.

큰소리는 아니었지만 소림의 위명으로 자신들을 겁박하는 것이냐는 말이었다.

하지만 양명은 그런 이명한 장로의 말에 한 치의 물러섬도 없이 말을 하였다.

"분명 조금 전 제가 여기 있는 분은 저희 소림의 사조님이라 소개를 했는데, 이명한 장로는 너무 늙어 노환이라도 오신 겁니까? 그 말을 못 들었다니!"

궁지에 몰리는 주유명을 돕기 위해 나섰던 이명한은 오히려 어린 양명에게 반격을 당하자 더 이상 말을 하지 못하고 얼굴이 붉으락푸르락해졌다.

한편 자신의 아들이 장로들을 상대로 협상을 주도하는 모습에 양창위는 눈을 반짝였다.

어려서부터 순둥이로 남과 경쟁을 한다거나 술수를 부리지 못했던 양명이 도대체 자신이 보지 못한 6년 동안 어떤 일이 있었기에 저리 변했는지 깜짝 놀랐다.

주유명은 자신을 돕기 위해 나섰던 이명한 장로가 양명에게 낭패를 당했음에도 그를 도울 수가 없었다.

방금 전 양명이 한 말의 진의를 파악하기에도 그의 머리는 복잡하게 돌아가고 있었기 때문이었다.

방금 양명의 말은 한 귀로 들어와 한 귀로 흘러가 버렸기에 인식도 못하고 있었다.

'양명은 무얼 믿고 저런 모습을 보이는 것인가. 아무리 소림사의 제자라고 하지만 이곳은 엄연히 소림과 별개의 방파다. 소림의 제자라고 타 방파에 와서 이런 말을 한다는 내정간섭이나 같은 일인데, 무엇 때문에 이러는 것인가.'

정말이지 주유명은 지금 양명의 태도에 의문을 가지지 않을 수가 없었다.

그가 소림의 제자가 되었지만 그래도 엄연히 이곳은 그의 친가가 아닌가.

그런데 지금 친가보다는 소림의 사조라는 외국인의 입장에서 자신을 압박하는 이유를 알 수가 없어 머릿속이 복잡했다.

다시 소강상태가 벌어지고 있었다.

하지만 조금 전 소강상태와 지금의 상태는 분위기가 달랐다.

이번에는 작은 소리만 나도 폭탄의 신관이 작용한 것처럼 터지기 일보 직전인 상태가 펼쳐졌다.

자내에 있던 장로들은 물론이고, 금련방의 핵심 인물들은 방금 전 양명의 말 때문에 흥분해 있었다.

양명이 소림의 이름에 자부심을 느끼듯 그들도 자신들이 소속된 금련방에 자부심을 가지고 있었다.

비록 명성에서 소림과 비교 불가이기는 하지만, 사람의 자부심이란 것이 어디 명성으로 좌우되겠는가.

그런 이유로 지금 실내의 분위기는 일촉즉발의 긴장 상태를 이루고 있었다.

그리고 결국 결론이 나지 않자 주유명은 일을 진행하기로 결정을 내렸다.

계속해서 시간을 주어 봤자 해결책은 없었다.

아니, 시간을 줄수록 방주인 양창위의 세력이 모여들어 자신들의 반란이 무위로 끝날 것을 걱정한 주유명은 오히려 이런 분위기를 만든 양명에게 고마운 마음이 들었다.

지금 주변을 살펴보니 방주 쪽으로 기울던 무게의 추가 자신들 쪽으로 돌아선 것을 보았다.

탕!

"도저히 참아 줄 수가 없구나!"

주유명은 마치 주변에 있는 사람들에게 들으라는 듯 소리를 치며 자리에서 일어났다.

그가 일어나자 그의 옆자리에 있던 이명한이나 다른 장로들도 보조를 맞추듯 자리에서 일어나 양명과 성환을 노려보기 시작했다.

그리고 그런 것은 비단 주유명의 곁에 있던 자들뿐 아니라 방주인 양창위의 뒤와 옆에 자리했던 이들도 일부 합세하였다.

많은 사람들이 자신을 노려보고 있었지만 성환은 자신을 둘러싼 금련방의 방도들을 보면서 차갑게 미소를 지었다.

뿐만 아니라 조금 전과 다르게 두 손을 모아 팔짱을 끼고 두 발을 꼬아 테이블 위로 올리며 방만한 모습으로 말을 꺼냈다.

"이게 금련방의 결정인가?"

성환의 말에 어느 누구도 대답을 하지 못했다.

그건 분위기를 주도하던 주유명도, 지금까지 침묵을 하던 방주 양창위도 마찬가지였다.

한편 자신의 말 때문에 분위기가 급변하자 조금 전과 다르게 양명은 긴장을 하기 시작했다.

자신이 너무 이들을 몰아세운 것은 아닌가? 하는 생각마저 들었다.

사조인 성환의 일을 돕기 위해 사문의 위명을 팔아 몰아붙였는데, 그만 일을 그르친 것 같았다.

"왜 말을 하지 못하지? 지금 이것이 너희의 대답인지 물었다."

비록 모습은 방심을 한 듯 빈틈이 보였지만 말하는 것이나, 분위기는 절대로 아무렇게나 있는 것이 아니라는 것을 느낄 수 있었다.

그렇기에 자리에서 일어나 성환을 노려보던 이들은 순간 자신들의 우두머리인 주유명을 쳐다보았다.

이번 일의 주체인 주유명이 뭔가 결단을 내려줄 것이란 생각에 그의 입이 떨어지길 기다렸다.

그런 모습에 주유명은 입술을 깨물었다.

여기까지 왔는데, 그냥 꼬리를 내릴 수는 없었다.

분명 뭔가 믿는 구석이 있는 것 같아 꺼림칙한 예감이 있기는 하지만 이대로 물러설 수도 없었다.

'물러설 수 없다. 이미 화살은 시위를 벗어났다.'

무슨 영화의 한 장면처럼 이미 일은 벌어졌으면 자신은 돌이킬 수 없는 곳까지 왔다는 생각이 들었다.

그렇다면 실패가 되었든, 아니면 성공을 하든 끝까지 가야만 했다.

"쳐라! 우릴 무시하는 저들에게 금련방의 저력을 보여 줘라!"

주유명은 불안감을 떨치기라도 하듯 고함을 지르며 앞으로 뛰어갔다.

그의 말이 있자, 실내에 있던 그의 동조자들이 일제히 움직이기 시작했다.

주유명의 말에 그의 동조자들이 행동을 개시하자 성환도 움직였다.

꼬고 있던 다리를 풀고 테이블을 살짝 찼다.

앉은 자세로 테이블을 차니 그가 앉아 있던 의자는 뒤로 쭉 밀려났다.

"억?"

성환의 뒤에서 덮쳐 오던 자들은 성환이 자신들 쪽으로 쭉 미끄러져 오자 당황했다.

예상을 벗어난 성환의 움직임에 당황한 것이다.

하지만 성환은 이미 그들이 공격을 하기 전부터 실내에 내 공을 풀어 기감을 활성화하고 있었기에 이들의 움직임 하나하나 놓치지 않고 있었다.

그렇기에 자신의 뒤에서 기습을 하려던 이들이 있자 바로 움직여 그들 사이로 파고들었다.

자신을 덮치는 이들 사이로 파고든 성환은 그들의 겨드랑이에 빈틈이 보이자 양팔을 벌려 빈틈에 주먹을 꽂았다.

그와 동시에 미끄러지던 몸을 세우고 발뒤꿈치로 자신이 앉아 있던 의자를 쳐 올렸다.

의자는 그 힘에 위로 날아올라 앞으로 떨어져 내렸다.

성환은 지체 없이 떨어져 내리는 의자를 오른발로 찼다.

퍽!

의자는 정면으로 날아가 성환이 있던 테이블을 뛰어넘던 또 다른 자와 부딪쳤다.

쿵! 퍽! 와장창!

너무도 순식간에 벌어진 일이라 아직 무슨 일이 벌어지고 있는지 인식을 하지 못했다.

자신을 덮쳐 오는 이들을 아직 상황을 인식하지 못하고 있는 때에도 성환의 손속은 냉정하게 다른 먹이 감을 찾아 휘둘러졌다.

성환이 이렇게 자신에게 달려드는 적들을 상대로 압도적인 우위를 보이고 있을 때, 양명 또한 자신에게 달려드는 자들을 상대로 분투를 하고 있었다.

자신에게 달려드는 적들을 상대하면서도 성환은 양명이 싸우는 모습을 돌아보며 그가 위기에 처할 때마다 도움을 주었다.

"악!"

"죽여라!"

실내에는 비명과 죽이라는 고함 소리가 뒤섞여 무척이나 소란스러웠다.

그런데 이상한 장면이 간간히 보였는데, 금련방의 장로나 제자들이 방주와 방주 주변의 장로들을 공격을 감행하고 있다는 것이었다.

그들은 주유명과 이명한을 따르는 자들로 이번 기회에 자신들의 반대편에 있는 자들까지 한꺼번에 처리하기로 결심을 하고 손을 쓴 것이다.

특히나 양창위를 상대하는 이들은 언제 꺼낸 것인지 시퍼렇게 날이 선 단도를 휘두르고 있었다.

방 내부라 총기류는 소지할 수 없었기에 칼을 준비한 듯 보였다.

이것으로 보아 아마도 양명이 아니더라도 오늘 거사를 치르기 위해 준비를 하고 성환을 맞이한 것을 느낄 수 있었다.

"뭐하고 있나! 무기를 써!"

주유명은 성환과 양명을 상대하는 이들이 무작정 두 사람에게 달려들다 제압되는 모습을 보다 무기를 쓰라며 고함을 쳤다.

그 소리를 듣고 깨달았는지, 두 사람에게 달려들던 사람들이 일제히 손을 뒤춤으로 돌려 준비한 무기를 꺼냈다.

대체로 숨기기 편한 단검이나 단도 같은 것이었지만, 개중에는 손도끼 같은 둔기도 보였다.

무기를 드니 용기가 났는지 조금 전보다 더 격렬한 반응을 보이며 성환에게 달려들었다.

하지만 무모한 그들의 돌진은 성환의 무력 앞에 허무하게 쓰러졌다.

아니, 무기를 들지 않았을 때보다 더 빠르게 무너졌다.

무기를 들지 않았을 때는 그저 기절만 시켰는데, 그들이 무기를 들자 성환의 손속도 잔인해지기 시작했다.

빡! 뿌직!

자신이야 무기를 들던 들지 않건 상관이 없지만 양명은 달랐다.

그렇기에 성환은 무기를 들고 달려드는 사람들을 상대로 손속에 전혀 인정을 담지 않았다.

팔이 걸리면 팔을 꺾었고, 목이 걸리면 목을 비틀었다.

조금 전까지만 해도 그저 기절하는 정도였지만 지금은 뼈가 부러져 신음을 흘리는 사람들로 가득했다.

개중에는 목이 돌아가 죽은 자들도 보였다.

뒤에 상황을 지켜보던 주유명은 이대로는 안 되겠다는 판단을 하고는 얼른 방 밖으로 나가 무장 인원들을 불러들였다.

"적이 공격한다. 제자들은 얼른 장로들을 지켜라!"

이미 밖에도 방수를 준비해 두었기에 주유명과 그와 동조하는 장로의 부하들은 준비한 무기를 들고 협상을 벌이던 실내로 밀려들었다.

하지만 이들을 불러들인 주유명은 알 수 없는 불안감에 안으로 들어가지 않고 밖에서 내부를 살폈다.

◈　　◈　　◈

"있을 수 없는 일이야!"

주유명은 자신의 직속 부하들을 데리고 도망을 치고 있었다.

처음 일을 벌일 때는 충분히 가능성이 있다고 생각해 일을 벌였다.

하지만 막상 뚜껑을 열어 보니 예상을 뒤엎었다.

아니, 예상을 뒤엎는 정도가 아니라 그는 인간이 아니었다.

금련방의 장로와 무력대의 대장들이 떼거리로 달려들었는데, 그자는 그런 사실을 무색하게 마치 허수아비를 쓰러뜨리듯 아니면 농부가 가을에 곡식을 수확하듯 자신에게 달려드는 사람은 물론, 함께 공격을 당하던 양명과 양창위를 도와주었다.

뿐만 아니라 그자의 손속은 잔인하기 그지없었다.

어떻게 사람의 몸을 그렇게 잔인하게 꺾고, 찢고 하는 것인지 생각만 해도 진저리가 쳤다.

상당한 부하들이 그자의 손에 죽었다.

목이 꺾였는데 살아 있을 생명체가 어디 있겠는가?

그중에서 조금 전까지만 해도 자신과 대화를 하던 이명한 장로가 그자의 손속에 걸려 구겨진 휴지 조각처럼 찌그러져 나가떨어지는 모습을 보고 뒤도 돌아보지 않고 도망을 결심했다.

그리고 지금 자신의 뒤로 방주의 명으로 쿠데타를 일으킨 자신을 추적하는 이들이 쫓아오고 있다.

사실 그들은 두렵지 않았다.

하지만 그자는 두려웠다.

아무런 표정 변화 없이 사람을 죽이는 그자의 얼굴은 두렵기 그지없었다.

"헉헉!"

뒤도 돌아보지 않고 다급하게 도망을 치다 보니 입에선 단내가 났다.

하지만 걸음을 멈출 수는 없었다.

아직도 자신들을 쫓는 추적은 멈추지 않았기 때문이다.

"장, 장로님! 조금만 쉬어 가죠!"

뒤를 따르는 한 남자가 주유명에게 말을 걸었다.

그런 남자를 돌아보며 주유명은 대답을 했다.

"언제 추적자들이 닥칠지 모른다. 조금이라도 더 이곳을 벗어나 안전한 곳으로 가야 한다."

"부하들이 너무 지쳤습니다."

황건대의 대장인 박용우는 주유명에게 그렇게 말을 했다.

부하들이 너무 지쳐 더 이상 자신들을 따를 수 없었기 때문이다.

뿐만 아니라 부하들은 조금 전까지 치열한 싸움으로 인해 부상이 심각했다.

"그리고 이대로 가다가는 부하들의 목숨이 위험합니다."

자신의 부하들을 보며 신음을 하듯 낮게 말을 했다.

주유명은 심각한 표정으로 말을 하는 박용우를 보며 뒤를 돌아보았다.

그의 눈에 들어온 것은 패잔병과 같이 여기저기 찢겨 피 흘리고 있는 부하들이었다.

'제길!'

속으로 낭패란 생각이 절로 들었다.

이대로 있다가는 분명 추적자들에게 붙잡힐 것이 분명했지만, 이들을 버리고 가면 나중에 누가 자신을 따르겠는가?

현재를 생각하면 과감히 버려야 하는데, 미래를 생각하면 그러지도 못했다.

'젠장! 천하의 나 주유명이 이 지경에까지 이르다니.'

한순간의 판단 착오로 궁지에 몰린 주유명은 자신의 신세가 한심스러웠다.

오늘 아침까지만 해도 방주를 밀어내고 정상의 자리에 오를 것을 의심치 않았는데, 그 꿈은 일장춘몽이 되어 버렸다.

이런저런 생각을 하며 주변을 둘러보았다.

일단 쉬면서 부상당한 이들을 어느 정도 수습을 해야만 했다.

너무 심하다면 버리고 가겠지만, 찢어진 곳을 동여매 임시방편으로 응급처치를 하면 움직이는 데 지장은 없을 것 같았다.

"알았다. 그럼 일단 갈대가 우거진 지역으로 이동을 하자!"

도망을 치다 보니 어느새 서호 인근에 이르러 있었던 것이다.

그래서 휴식을 취하더라도 추적자들에게 들키지 않을 갈대가 우거진 곳을 찾아갔다.

한참 이들이 휴식을 취하고 부상 부위에 응급조치를 하고 있을 때, 이들을 주시하는 이들이 있었다.

◈　　◈　　◈

주유명 일행이 휴식을 하고 있는 곳에서 800m 정도 떨어진 곳에서 누군가 이들을 지켜보았다.

"유한! 모두 기록하고 있겠지?"

"예, 1팀에서 모두 녹음을 하고 있습니다."

"그런 저들에게 무슨 일이 있기에 소란이 벌어진 거야?"

주유명을 주시하고 있던 남자는 자신의 뒤에 있는 유한이란 남자에게 물었다.

하지만 금련방 내에서 벌어졌던 일은 무엇 때문에 있었는지 알지 못했다.

항주시 공안 특수부의 제갈궁 경독은 상부에서 내려온 지시로 금련방을 예의 주시하고 있었다.

소림사의 사조라 불리는 남자가 어제 항주에 들어왔다는 보고를 받았다.

전혀 알려지지 않은 인물이 하늘에서 떨어진 것처럼 나타나자 공산당 상층부에서 많은 토론이 벌어졌다.

일부는 말도 되지 않는다, 판단을 했지만 공안 최상층부에서는 뭔가 비밀이 있다고 판단을 내리고 정보 수집 명령을 내렸다.

그래서 제갈궁이 나서게 되었다.

서른이란 젊은 나이에 벌서 경독의 직위에 있는 그는 미래가 보장된 사람이기도 했다.

명문 제갈가의 후손으로 이대로만 성장을 한다면 공안부장도 가능했다.

아무튼 그런 자신이 귀찮게 정보 수집 현장에 나선 것이 불만이지만 일단 상부에서 떨어진 명령이니 따를 수밖에 없었다.

그래서 귀찮은 것은 자신의 밑에 있는 다른 팀에 맡기고 자신은 보고를 기다렸다.

그런데 금련방을 감시하던 1팀에서 보고가 들어왔다.

금련방 내에서 총소리가 들린다는 것이다.

뭔가 사건이 벌어졌다.

하지만 안으로 들어갈 수는 없었다.

아무리 공안이지만 금련방을 함부로 수색을 하지 못하는

것은 그들이 절강성 정부는 물론이고, 북경의 중앙 정부와도 연줄이 있는 곳이기에 함부로 공안의 힘을 사용할 수가 없는 것이다.

그래서 들어가지는 못하고 이렇게 현장에 나와 금련방을 주시하고 있었는데, 일단의 인원들이 금련방을 빠져나와 서호가 있는 쪽으로 도망을 치기 시작했다.

그리고 그들을 따라 일단의 사람들이 또 나와 그들을 쫓기 시작했다.

쫓고 쫓기는 추격전이 벌어지고 있는 곳을 주시하던 제갈궁은 멀찌감치 돌아 멀리서 그들이 벌이는 일을 감시했다.

"억! 뭐야!"

한참 쉬고 있는 주유명 일행을 감시하고 있던 제갈궁의 눈에 이상한 것이 목격되었다.

멀리서 쌍안경으로 그들을 주시하고 있었는데, 추적하던 인물 중 한 명이 먼저 금련방을 빠져나왔던 주유명 일행 앞으로 내려선 것이다.

그리고 그것을 기점으로 휴식을 취하던 자들은 포위가 되었다.

마치 배수의 진을 취한 것처럼 빈틈이라고는 휴식을 취하던 자들의 뒤로는 서호뿐이 없었다.

그런데 제갈궁이 놀란 것은 먼저 나와서 휴식을 취하던 자들이 포위가 되었다는 것이 아니라 한 사람이 그들을 공격을 하는데, 손에서 뭔가 번쩍였기 때문이다.

◆　　◆　　◆

성환은 양창위가 내준 금련방 제자들을 데리고 도망친 주유명과 그 일당을 추적하고 있었다.

이미 그들이 어디쯤에 있다는 것을 알고 있는 성환은 주유명 일행이 휴식을 취하고 있는 갈대숲을 포위를 했다.

"겨우 도망친 곳이 여긴가?"

성환의 고함에 휴식을 취하고 있던 자들은 깜짝 놀랐다.

설마 갈대로 가려져 있는 자신들을 이렇게 빨리 발견할 줄은 몰랐다.

특히나 주유명은 포위가 될 때까지 자신이 그들의 기척을 느끼지 못한 것에 놀랐다.

비록 소설 속의 주인공처럼 기감이 엄청난 고수는 아니지만, 그래도 감각이 예민한 그가 자신들 일행이 포위가 될 때까지 추적자들의 기척을 느끼지 못했다는 것이 믿기지 않았다.

"어떻게 찾았지?"

"너희가 뛰어 봐야 벼룩이지."

자신을 어떻게 찾았는지 물어보는 주유명에게 굳이 친절하게 가르쳐 줄 생각이 없었다.

사실 주유명과 그 일당들이 여기까지 올 수 있었던 것도 모두 성환이 꾸민 일이다.

금련방 내에서 모두 처리할 수 있었지만 일부러 금련방에 경각심을 심어 주기 위해 이들에게 빈틈을 열어 주었다.

역시나 성환의 의도대로 주유명은 빈틈이 보이자 탈출을 감행했다.

많은 이들이 탈출 과정에서 양창위를 따르는 사람들에게 붙잡혔지만, 주유명은 자신을 따르는 황건대 일부와 함께 금련방을 빠져나올 수 있었다.

그런데 잠시 방심하는 틈을 타 성환이 자신들을 포위할 줄은 몰랐다.

물론 그건 주유명의 생각이지만 말이다.

"너희가 여기까지 올 수 있었던 것이 너희의 능력 때문이라 생각하나?"

성환은 느긋하게 주유명을 쳐다보며 물었다.

하지만 성환의 질문을 받은 주유명은 바로 대답을 할 수 없었다.

설마 이런 모든 상황이 그가 벌인 일이라고는 생각하고 싶지 않았다.

"모두 네놈이 한 일이란 말이냐?"

물어보기 두려운 이야기지만 물어보지 않을 수가 없었다.

주유명의 질문에 성환은 주변을 살펴보았다.

그리고 차가운 미소와 함께 대답을 해 주었다.

"무대가 참으로 좋군! 맞아, 모든 것은 내가 주재한 것이다."

성환은 대답을 하면서 천천히 앞으로 걸어 나갔다.

그런 성환의 모습에 주유명은 이를 악물었다.

'저자만 아니었어도. 저자만······.'

주유명은 다가오는 성환을 보며 그만 아니었다면 이번 쿠데타가 성공했을 것이란 생각에 이가 갈렸다.

"나와 무슨 원한을 졌기에 이러는 것이냐!"

너무도 억울한 생각이든 주유명은 그렇게 소리쳤다.

하지만 그런 주유명의 말을 들은 성환은 기가 찼다.

"그럼 너는 왜 한국인들을 인신 매매를 했나."

성환의 질문에 주유명은 뭔가 말을 하고 싶었지만 말할 수가 없었다.

자신이 하는 변명을 그대로 성환이 사용할 것이란 생각이 들었기 때문이다.

버러지 같은 것들을 팔아넘긴 것뿐이지만 눈앞의 남자도 어쩌면 자신을 그렇게 생각할지 모른다는 생각이 떠오른 것이다.

정말로 아까 전 회의장에서 그는 자신들의 때려잡을 때, 마치 벌레를 잡듯 아무런 감정 없이 팔다리를 꺾고 목을 분질렀다.

그러니 자신이 지금 어떤 말을 하던 그는 받아들이지 않을 것이 분명했다.

"음."

"넌, 네가 힘이 있기에 여자들을 그렇게 할 수 있었다. 그렇다면 나도 너보다 강한 힘을 가지고 있기에 이렇게 할 수 있는 것이다. 내 말이 틀렸나?"

말을 하면서도 주유명에게 다가가는 성환의 모습은 죽은 자를 찾아가는 사신의 발걸음이었다.

점점 다가오는 성환의 모습에 더 이상 참을 수 없었던 주유명은 뒤에 도열하고 있는 황건대에게 소리쳤다.

"죽여!"

성환이 나타나자마자 쉬고 있던 황건대는 내려놓았던 무기를 들었다.

일부는 금련방을 빠져나올 때, 총을 챙겼는지 손에 권총이 들려 있었다.

하지만 그들도 금련방을 빠져나오기 전 성환이 자신들을 상대하는 모습을 보았기에 솔직히 자신이 들고 있는 권총이 자신을 구해 줄 것이란 믿음이 없었다.

그저 그거라도 들고 있지 않으면 공포에 잡아먹힐 것 같아 들고 있는 것이다.

그런데 공포에 절어 있던 이들에게 주유명이 성환을 죽이라 명령을 내렸다.

어려서부터 상급자의 명령에 무조건 따르게 세뇌에 가까운 교육을 받은 이들은 주저하지 않고 총알을 발사하고, 들고 있던 무기를 휘두르며 성환에게 뛰어갔다.

주유명이 죽이라는 소리를 치는 것과 동시에 성환은 몸에 내공을 끌어 올렸다.

몸에 내력이 돌자 짧은 순간 황금빛 서기가 피어올랐다.

성환의 몸에 서광이 비추고 그 빛을 손바닥에 집중을 했다.

금빛이 손바닥에 집중이 되자 성환의 손은 황금으로 만든 것처럼 빛을 냈다.

그리고 자신에게 날아오는 총알들을 쳐 내며 빠르게 그들에게로 접근했다.

팅! 팅! 팅!

10m, 8m, 5m, 3m.

간격이 좁혀질수록 그들은 정신없이 방아쇠를 당겼다.

쾅!

성환의 손이 가장 선두에 있던 자의 몸에 적중이 되었다.

사람들은 그 순간 폭탄이 터지는 듯한 소리가 들리는 듯했다.

하지만 사실은 아무런 소리도 나지 않았다.

그저 성환의 손이 남자의 몸에 닿는 순간에 무의식적으로 그렇게 느낀 것뿐이다.

성환의 황금수가 어루만진 남자는 칠 공에서 피를 흘리고 즉사를 하고 말았다.

성환이 지금 사용하고 있는 금강부동신공 상의 여의수(如意手)라는 수법이었다.

내가 중수법 중에서도 최상위에 속하는 수법이기에 그자는 성환의 죽음의 손길을 피할 수가 없었다.

한편 성환을 따라 반도인 주유명을 쫓던 양창위는 뒤쪽에서 성환이 싸우는 모습을 보며 자신도 모르게 마른침을 삼켰다.

"꿀꺽!"

그런데 그런 모습은 그만이 아니라 주변에 있던 다른 사람도 마찬가지였다.

감히 자신들로써는 상상도 못한 장면이 눈앞에 펼쳐지고 있었기 때문이다.

분명 자신들과 함께 추적을 했을 때, 그는 빈손이었다.

그런데 인간의 골육으로 이우어진 손이 총알을 튕겨 내고 그저 살짝 몸에 가져다 대었을 뿐인데 사람이 칠공에서 피를 흘리며 죽어 나가는 것이다.

지금 눈앞에 펼쳐지는 장면이 현실로 믿겨지지 않았다.

어린 시절 영화에서 보았던 무공 고수의 모습이 저러할까.

그런데 그건 현실이 아니라는 것을 현실에서는 있을 수 없다는 것을 알고 있었다.

하지만 지금 눈앞에 영화니까 가능하다고 생각했던 장면이
펼쳐지고 있었다.

그리고 그것은 아침까지만 해도 함께 웃고 떠들던 자들에
게 죽음으로 다가가고 있었다.

'내가 저곳에 있었다면…….'

정말이지 상상도 하기 싫은 생각이었다.

성환은 주유명을 따르는 자들을 한 명, 한 명 죽이면서도
간간히 자신을 따라온 금련방도들을 살폈다.

하나같이 경악과 함께 눈빛 가득 공포를 머금고 있는 모습
에 그의 입가에 절로 미소가 어렸다.

〈『코리아갓파더』 제9권에서 계속〉

도서출판 뿔미디어 홈페이지 OPEN*!!*

안녕하세요.
지금껏 저희 뿔미디어를 응원해 주신
독자님들의 성원에 힘입어
이번에 새롭게 홈페이지를 오픈하였습니다.

저희 뿔미디어는 홈페이지에서 독자님들께서
보다 빠른 출간 소식과 미리보기 등
알찬 내용을 제공하기 위해 많은 노력을 기울였습니다.
또한 독자님들에게 도서 할인, 이벤트 등
다양한 혜택을 제공하고자 합니다.

저희 뿔미디어 홈페이지 오픈을 계기로
한층 더 독자님들과 가까워질 수 있는 기회가 되었으면 합니다.

보다 많은 관심과 사랑 부탁드리며,
앞으로도 더 좋은 컨텐츠 제공에 힘쓰도록 하겠습니다.

감사합니다.

-도서출판 뿔미디어 올림-

 www.bbulmedia.com

www.bbulmedia.com